風は青海を渡るのか？

The Wind Across Qinghai Lake?

森 博嗣

講談社
タイガ

イラスト――引地　渉
デザイン――鈴木久美

目次

The Wind Across Qinghai Lake?

by

MORI Hiroshi

2016

風は青海を渡るのか？

フォイルが昇降階段をあがって司令甲板に行こうとしたとき、ブリッジから通路へがらくたがいきおいよくもどってきて彼にぶつかった。この空間の雑草にぶつかったおかげで、長い空虚な通路をころがりながらもどされて隔壁に衝突し、ついに意識を失った。彼は半トンもある破片の中心に倒れ、希望もなく、かろうじて生命をとりとめていながら、しかし依然として復讐の憤怒にたけり狂っていた。


「おまえは誰だ？」

「どこからきた？」

「いまどこにいる？」

「行先は？」


(Tiger! Tiger! / Alfred Bester)

登場人物

ハギリ -- 研究者
ウグイ -- 局員
アネバネ --------------------------------------- 局員
マナミ -- 助手
ヴォッシュ ------------------------------------ 科学者
ペィシェンス ----------------------------------- 助手
ツェリン -------------------------------------- 研究者
カンマパ --------------------------------------- 区長
ガワン -------------------------------------- 文化部長
シマモト -------------------------------------- 研究者
ヴァウェンサ ---------------------------------- 研究者
ドレクスラ ------------------------------------- 所長
カジマ -- 記者
タナカ -- 逃亡者
シモダ -- 局長

プロローグ

そこは、聖地だった。文字どおりの意味である。人類の聖地だ。

再びここに立ったとき、僕はあの奇跡が夢でなかったことを確かめた。もう夢や希望を思い描くときではない。目の前にあるものにこの手で触れて、測定し、分析し、この存在の理由と本当の意味を探るために、僕の未来の時間を捧《ささ》げよう。

研究をしていると、ときどきこういったエポックに震撼《しんかん》に近い興奮を覚えるものだ。例外なく研究者は全員それを求めて、ただひたすら下を向いて歩いている。研究というのは、頭の中ではずっと未来のことを考えているのに、目は絶えず足許《あしもと》の地面を見つめている。その連続だ。地面は、ただいつも僕の足を受け止めてくれるだけ。ランダムに小石があって、フラクタルに雑草が生《は》えている。ときには水溜《みずたま》りもあり、過去の足跡、そして轍《わだち》が発見できる。しかし、奇跡的に光るものが目に留まることになる。研究者は立ち止まり、膝《ひざ》を折ってそれに手を伸ばすのだ。

もちろん、ほとんどの場合、吟味したあと、ただ放ってしまい、また歩きだすしかない。それを繰《く》り返《かえ》すうちに、普通の人間ならばもう地面を見なくなるし、拾わなくなるはずだ。けれども、僕たちは違う。なにかの信念みたいなものがきっとある。それは、僕が拾わなければならないものが必ず待っている、という予感なのだ。それはもう、宇宙的に確立された約束でもある。

現に何度も、そんな光り物を僕は拾ってきた。だからこそ、きっとまた、もっと凄《すご》いものを拾うことになる、と信じてしまう。これが、研究者の信仰だといっても過言ではない。子供のときから持っている古びた手帳に、これまでに拾ったものの印が並んでいる。それが研究者のライセンス。

初めて見たときから、これは大きすぎる課題だと直感した。

あまりにも凄い発見だ。

その意味は、僕個人の手に負えるものではない、ということと、さらにまた、十年といった単位で解き明かせる課題ではないだろう、ということ。数々の予感が先回りして、思考がスリップし、空転しそうだった。

日本に戻って、局長にまず相談をした。すぐに、上層部にこれが伝わり、翌日に委員会が発足《ほっそく》した。委員会名は、まだ仮のものだが、「ナクチュ特別研究委員会」だ。名称など議論している場合ではない。多くの共通認識として、これは一国が扱う問題ではない、ということは明白だった。ただ、どの分野の研究者が担当すれば良《よ》いのか、という点が最初に議論となった。翌々日には、そのそれぞれの分野から代表者を選出し、抽象的な情報だけで大まかな方針と当面の対策を話し合った。そして、海外の研究者にも協力を要請するのか、あるいは、いっそのこと世界政府の当該機関に申し入れるのか、といったテーマでも話し合った。いずれは、それが妥当であるものの、まずはある程度の情報を収集することが先決だとする意見が大勢《たいせい》で、その翌日には、ワーキンググループを幾つか発足させ、その人選をし、大まかな進行スケジュールを纏《まと》めることになった。これを持って、より上層、さらには政府の承認を得るという手順となるらしい。ただ、僕はそこまでは関知していない。一つのワーキングの委員長になっただけだった。もちろん、それくらいが分相応というものだろう。

上の方がどんな判断をするのか、僕には興味がない。ただ、早くあそこへ行きたい、とだけ考えていた。そして、それが叶《かな》ったのは、約一カ月後のことだった。

日本から、コンテナで二個分の機材をチベットへ空送し、その二日後に僕自身も空送してもらった。まえに来たときは、三人乗りの戦闘機で最寄りの空港へ降りたのだが、今回は六人乗りの戦闘機で、ナクチュ直航だった。こうなったのは、予算の差かもしれない。滑走路がなくても下りられる機種だったからだ。一緒に来たのは、助手のマナミ、それに情報局員のウグイとアネバネの三人。マナミは測定機器の操作に慣れているし、あとの二人は、僕の護衛に慣れている。

表向きの目的は、ナクチュの人々、特に子供たちの脳波測定を行うことだった。これは、人間とウォーカロンを識別するシステムに必要なデータを得るためで、チベットの実力者であるテンジン知事との約束で実現したものだ。そして、テンジンの希望は、僕たちが使う測定機器をチベットに置いていってほしい、というものだった。もちろん、代金は正規の金額をいただくので、日本も情報局も損をするわけではない。お互いに利益がある交渉ほど早くまとまるものはない。

戦闘機は、主翼の角度を変えて、垂直に下降して着陸した。四人を出迎えてくれたのは、ナクチュ担当のツェリン・パサン博士だった。

「ハギリ博士、お久しぶりです」とツェリンは片手を伸ばした。

「ほとんど毎日話をしていたじゃないですか」僕は握手をして返す。

「肉体的接触は、三十三日振りです」彼女は微笑《ほほえ》んだ。

「変なことを言わないで下さい。周りが誤解しますよ」僕も嬉《うれ》しくて笑っていただろう。

ツェリンは、そのあと、ウグイとアネバネに両手を合わせて挨拶《あいさつ》をした。この二人とも三十三日ぶりのはずだ。ツェリンは、民族衣装のカラフルなスカート。ウグイは、今日は上下黒で、サングラスをかけている。また、アネバネも同じく黒一色だ。ただ、サングラスはない。彼の片目は珍しいタイプのアイグラスで、それがどんな機能を持っているのか僕は知らない。ツェリンが初めてなのは、助手のマナミだけなので、彼女を紹介した。

「この方も助手なのですね」とツェリンが僕にきいた。

「そうです。だいぶ、タイプが違うでしょう？」

ツェリンには、ウグイとアネバネのことを秘書と助手と紹介してあった。ただ、二人がどんなタイプの人物なのかは、既にツェリンは理解しているはずなので、ジョークのつもりで言ったのだろう。

戦闘機で持ってきた荷物は、小さなものだけだった。事前に生活用品などは、コンテナで送ってある。ウグイの荷物は僕の荷物に比べて重量が二十倍もあった。着替えを沢山《たくさん》持ってきたわけではない。詳しくは知らないが、たぶん、対空砲などの重火器だろう。彼女は、自分のことをあまり話さないタイプだが、武器マニアにちがいない、と僕は確信している。

もう一人のアネバネはさらに謎《なぞ》の人物で、ウグイに比べると武器が目立たないこと、動きが人間離れして素早いこと、ウグイよりも位が下だということくらいしかわかっていない。なにしろ、ファーストネームさえ教えてくれないのだ。

ツェリンには、今回の調査の本当の目的も、つまり聖地で僕が見たものについても、まだ話していない。ただ、表向きのこと、ナクチュの子供たちの測定についてだけ知らせてあった。その情報を広めておいた方が、安全だと考えたからだ。彼女には実際に会ってから話をするつもりだった。

ナクチュの特区の周囲には、チベットの中央政府軍が展開していた。それは、上空から見たときにわかったことだ。一カ月まえにクーデター騒ぎがあったので、これは順当なところだろう。小耳に挟んだ情報だが、日本からも部隊が派遣され、一部が合流しているらしい。ようするに、日本政府がそれだけ準備をして慎重に事を運ぼうとしているのだ。したがって、このまえよりは安全だろう。そういったこともあって、ここに直接着陸することができたのである。

二日まえに到着した機材は、ナクチュの奥にある神殿の地下へ運び込まれたらしい。そこに僕たちはしばらく滞在することになった。どれくらいになるかはわからないが、まずは二週間、そこで報告書を本局へ提出し、その後の指示を仰ぐ予定だ。

一カ月まえに爆撃を受けた場所であるが、地下は構造的な被害を免《まぬが》れた。簡単な補修工事と、僕たちが居住するための設備が整えられた、と聞いている。

「ヴォッシュ博士がお待ちになっています」とツェリンが言った。

「え、そうなんですか……」僕はびっくりしてしまった。

地下にあった会議室や倉庫の一部を改造して、居住空間が作られていて、その一つの部屋でハンス・ヴォッシュが待っていた。ドイツの科学者で百年まえにノーベル賞を授与されている。一カ月まえの騒動でも、彼と行動を共にした。しかし、肝心の聖地については、彼には話していない。ただ、ピンと来るものがあった。

「どうだね、調子は?」とヴォッシュは僕にきいた。以前よりも、少し若くなったように感じた。ただ、鬚《ひげ》の風貌《ふうぼう》は変わっていない。

「博士は、どうしてこちらへ? リゾートというには……」と僕が言いかけると、

「気圧が低すぎる。寒暖差がありすぎる。治安が悪すぎる」ヴォッシュはおどけた調子で続けた。「何故《なぜ》かって? 血が騒ぐなんて非科学的なことは言いたくないね。そうじゃないんだ」

「なんらかの、その、示唆《しさ》があったのですね?」僕は思うところを述べた。

「抽象的な言い方だ。うん、そのとおり。彼女からメッセージが届いた」

「本当ですか。彼女から、というのは?」

「名前はなかったが、ここの地下で、彼女はドクタ・ハギリに過去の遺産を見せた。三百体の冷凍死体だそうだ」

「そうですか。そのとおりです。やはり、導きですね」僕は溜息《ためいき》をつく。

「導き? ああ、案内のことかね?」

「ええ、そうです。何故、彼女だとわかったのですか?」

「そんなことを知っているのは、彼女だけだからだ。違うかね? 君がここに戻ってくるというニュースを聞いて、やはりそうだったのか、と思った。急いで、出かけてきたというわけだ」

「いえ、それは、はい、そのとおりなんです。そうではなく、私がおききしたのは、何故、メッセージの主《ぬし》が女性だとわかったのですか、という点でした」

「ああ、そうか……」ヴォッシュは、一度視線を逸《そ》らしたが、すぐにまたこちらを見据《みす》える。「君のそういうところが、私は好きだ」

博士、答になっていませんよ、と言いそうになったが、自制した。僕も世間擦《ず》れしたものである、人並みに。

ヴォッシュの後ろに、金髪の女性が立っていた。最初から気になっていた。僕がそちらへ視線を向けると、ヴォッシュはつられるように彼女を見た。

「そうそう、私の助手でペィシェンス・ゾエという」

僕は彼女と握手をした。

「何と呼べば良いでしょうか?」ときくと、

「パティでけっこうです」と微笑んだ。

「そちらにいるウグイは、私の第一助手です。火花を散らさないようにお願いします」

ウグイは、無言で頭を下げた。アネバネは、通路にいてまだ中に入ってきていない。

パティは、微笑んだままウグイにも挨拶をした。

「何だね、火花を散らすというのは」ヴォッシュがきいた。

僕は、内緒の話があるので、博士と二人だけにしてほしい、とツェリン、ウグイ、パティの三人の女性たちに頼んだ。ツェリンは、お茶を用意してきます、と言って出ていった。ウグイはじっと僕を睨《にら》んだまま出ていった。パティは、笑顔を絶やさないまま立ち去った。

「女性に囲まれているというのは、どうも落ち着かないものだ」二人だけになるとヴォッシュが言った。「ああ、今のは、前世紀のジョークだが」

「彼女は、ウォーカロンですね」僕はきいた。ペィシェンスのことである。

「それを言うために人払いをしたのかね?」ヴォッシュは、口許《くちもと》を緩《ゆる》め、楽しそうな表情を見せる。「そのとおり。身の回りの世話をしてもらっている。ウグイ嬢のような能力はないよ」

「私は、一カ月まえに、ここでマガタ・シキに会いました。そのことがお話ししたかったのです」

ヴォッシュは笑っていた口を閉じた。しかし、驚いてはいない。予想していたことだっただろう。

「本物かね?」片目を細めて、彼はきいた。

「わかりません」僕は首をふる。

「人間か、ウォーカロンか、という意味だが……」

「ええ、それも、わかりませんでした」

「ハギリ博士にわからないのなら、誰にもわからない」

「脳波を測定したわけではありませんし」

「脳波を測定すれば、わかるかね？」

「通常の、つまり、一般的な範囲内の頭脳ならば、確率は約九十パーセントです。しかし、あの人の場合は、おそらく対象外でしょう」

「彼女に会って、ここの遺跡を見せてもらったのだね？」

「はい」

「私が聞いたとおりだ。つまり……」

「少なくとも、マガタ・シキの人格を代表するものが存在するということです」

「二つ可能性がある」ヴォッシュは指を二本立てた。「彼女の実際の頭脳が、なんらかの方法で生きている。あるいは、彼女が作った頭脳が、ウォーカロンを操っている」

「私も、その二つしか考えられません。どちらかといえば、後者の確率が高いのではないでしょうか。少なくとも、私たちの前に現れるのは、新しい肉体であって、そこに二百年まえの頭脳が収まっているとは思えません」

「その根拠は？」ヴォッシュは僅《わず》かに首を傾《かし》げた。

「ありません」僕は首をふった。しかし、一呼吸置いてから続けた。「いえ、根拠と言えるほどのものはありません」

「では、その言えないものを聞かせてほしい」

「それは、その……、つまり、一種の美的センスです」

「美的センス?」

「レトロなスポーツカーに最新のエンジンを載せることはあるでしょう? でも、その逆はしません。人間ならば、そういうことはしないものです」

「だが、今の人類はどうだね? 新しい細胞の肉体に、いつまでも古い頭脳を載せているじゃないか」

「いえ、頭脳細胞も新しくなっています」

「コンテンツもシステムも古い」

「しかたがありません。それが、自分というものなのですから」

「彼女はそれをしない、と言うのかね?」

「しかたがないということを天才がするとは思えないのです。わざわざ自己矛盾《むじゅん》を抱えるとは、ええ……、思えない」

「そうだろうか?」ヴォッシュは眉《まゆ》を顰《ひそ》める。「私は、その逆だと考える。その矛盾を抱えてこその天才だとね」

彼の意見は、僕の胸に刺さった。

そうかもしれない、という方向へ思考が押される。

影響を少なからず受けたのも不思議ではない。なにしろ、ハンス・ヴォッシュは、僕よりもマガタ・シキのことを理解しているし、まちがいなく現在の人類を代表するに相応《ふさわ》しい天才だからだ。

「矛盾を抱えてこそ、ですか……」無意識に言葉を繰り返していた。

「生命が、それだ」ヴォッシュは微笑んだ。「エントロピィ的に考えても、存在自体が矛盾ではないか。違うかね?」

第1章　月下の人々　Sublunary people

世界じゅうの子どもは、空想の世界が自分たちにとっては独自なものだと考えている。精神病理学者は、個人の空想のなかのよろこびや恐怖は、全人類がひとしくうけついでもっているものであることを知っている。恐怖、罪悪感、羞恥などの感情は、一人の人間からほかの人間へと相互に移り得るものであって、誰もその差異に気がつかない。総合大学の治療科には数千の感情テープが記録してあった。そしてこれらのさまざまな感情はすべて、悪夢劇場において、患者に体験させることができた。

1

最初にやるべきことは、測定システムの準備状況の確認だった。明日から、このナクチュ特区の子供たちを集めて脳波を計測する予定になっている。約百人のデータを測定できる。こんな貴重な機会は、滅多《めった》にあるものではない。少なくとも、僕がこの研究を始めて以来、低年齢層がこれだけまとまって試料となったことは一度もなかった。

作業は順調だったため、その場は助手のマナミに任せて、僕はツェリンとヴォッシュを連れて、神殿の中へ入ることになった。ナクチュの区長であり、ここのリーダでもあるカンマパの許可を既に得てある。一カ月まえに、彼女の案内で神殿へ導かれ、僕一人が中へ入ったのだった。

カンマパは、中央政府から来た特使と会見中とのことで、今日は会えないらしい、とツェリンが言った。

「その特使というのは、人間ですか？」僕は尋《たず》ねた。

「そうです。ロボットでもありません」ツェリンが答える。

「ということは、この特区に、一般の人間が入ることができるようになったのですね」

「まだ、正式な許可は下りていません。突然方針を変更したら、ここの治安が乱れる可能性もあります。そのまえに、警察組織を補充して、態勢を整える必要があります。そういった手順を話し合っている段階のようです」

「博士は、関与されないのですか？」僕はツェリンに尋ねた。

「私は、ええ、そのような権限を持ちませんし、まったく専門外です」ツェリンは微笑んで首をふった。

三人で行くことに決めていたが、ウグイがどうしても一緒に行くと主張したので、しかたなく認めることにした。既に、この中で僕が見たものは、情報局にも、日本政府の一部にも伝わっていることだから、ウグイが知っても今さら問題になるとは思えない。

柱が並ぶピロティを歩き、段を上がって、建物の中に入った。最初の部屋は広間と呼ぶべき場所で、スポーツでもするつもりの設計だったのか、と思われるほど広く平坦《へいたん》だ。

「ここに入るのは、私は初めてです」ツェリンが呟《つぶや》いた。

「魔物が出ると言われている場所でしたね」僕は言う。

「魔物?」横を歩いているヴォッシュがきいた。「どんな?」

「私は、人から聞いただけです。それも、子供の頃のことです。ここに入った友達が、それを見て、逃げてきたのです。一人は竜のようだと言いましたし、別の一人は巨人のようだったと言いました。子供のことですからね」ツェリンは笑った。

「別のものを見るというのは、おそらくホログラムでしょうね」僕は言った。

「君が入ったときには、その手のものは、いなかったのかね?」ヴォッシュがきく。

「白い服装で長い黒髪の女性が一人いました、あそこに」僕は指をさす。

それは、奥の右手にある通路への入口だった。二人はそちらを見た。僕は、ずっと気にしていたのだが、今のところ誰も見当たらない。振り返ると、僕たちより五メートルほど後ろにウグイがいる。今はサングラスはかけていない。

その入口のところまで来た。通路には誰もいなかった。

「まあ、いないだろうな、とは思っていましたけれど」僕はそう言いながら通路を奥へ進む。

円筒形の太い柱のようなものが立っている場所に至る。その円筒がエレベータなのだ。これに四人で乗り込んで、地下へ下りた。

「これは、いつ頃作られたメカニズムだろう」ヴォッシュが鬚を撫《な》でながら言った。「ハギリ博士の見解は？」

「そうですね。部品から見て、百年以上まえだと思われます。このセンサ・スイッチとか、インジケータとか、それから、これからご覧いただく地下の設備なども、それくらいの年代ではないかと……。百年、ないし、百五十年といったところでしょう」

「コバルト・ジェネレータが作られた頃のもの、ということでしょうか」ツェリンが言った。「私が調べたところでは、百五十年ほどまえに建設された記録が、一部ですが、残っています」

「当時は最新技術だった」ヴォッシュが言った。彼は、その頃から生きているのだ。

「もっとも、こんな辺鄙《へんぴ》な場所に、発電所が作られたなどというニュースを聞いた憶《おぼ》えはないがね」

「百五十年も稼働《かどう》しているのは、驚異的です」僕は自分の感想を述べた。「メンテナンスをどうしているのか」

「ロボットがやっています。それ用にプログラムされていて、つまり、システムに組み込まれている、ということのようです」

その場所に到着した。曲面上の壁に、ハッチが幾つも並んでいて、細かいインジケータが点滅している。

しばらく、その光景に全員が沈黙した。

言葉を失わせるような重圧感がたしかにあった。僕は、ハッチの一つに近づき、スイッチに触れた。ハッチは手前にスライドし、壁から突き出るように、中に収まっていた部分を露出させる。

透明の容器の中にあるのは、冷凍された人間の死体だった。

その容器は、まるで棺桶《かんおけ》だ。この「棺桶」という言葉は、かつては本当に人間の死体を入れる箱を意味していたのだ。

ひんやりとした空気が、床を這《は》うようにゆっくりと広がり、拡散する。

「そうか。これを守るために、そもそも独立型の安定した電源が必要だったということか」ヴォッシュが言った。「ここに発電所が存在した理由として、これ以上説得力のある答はない」

「私もそう思います」僕は頷《うなず》いた。「おそらく、遠い未来において、蘇生《そせい》が可能だと考えていたのでしょう。その妄想というか、確固たる信念が、この設備、ここのすべてを建造したのでしょう」

「ナクチュの人々の先祖でしょうか?」ツェリンが首を傾げた。彼女自身も、ナクチュの出身者だ。「もしそうなら、伝えられているはずです。百五十年といえば、ここの人たちの寿命を超えた年月ですけれど、そんなに昔のことではありません」

ナクチュの人々の寿命は短い。先進国の平均的な寿命は現在その二倍以上になろうとしているし、今後さらに延びることは確実だ。ナクチュでは、人工細胞を体内に入れない伝統を今も貫《つらぬ》いている。それが、ここが特区となった理由でもある。

「伝わっていませんか？」僕は、念のために彼女に確認した。

「いえ、まったく……」ツェリンは否定した。「私の知るかぎりでは」

「そのあたりも、調べればわかります」僕は説明した。「今回、秘密裏に、この聖地の調査を行うつもりです」

「聖地？」

「ええ、名称がまだ決まっていません。墓地よりは良いでしょう？」ツェリンが無言で頷くのを見て、僕は続ける。「日本政府を通して、チベットの中央政府にも許可を得ています。もちろん、カンマパ区長にも伝わっているはずです。調査のための人員、それから機材も、明日以降に順次到着します」

「ああ、そうだったのですね。なにか、大規模な遺跡調査があるという話は、カンマパから聞いています」

「広くニュースとして報道してもらいました。その方がかえって安全だ、という配慮です」

「この区域の中央政府軍も、このところ増強されているようです」ツェリンが言う。「なにもなければ良いのですけれど……」

「このまえの反乱軍の調査は、進んでいないようですね」

「はい。なにも伝わってきません。私には、理由がわかりませんが、ウォーカロン・メーカには、メスが入れられないようです。連絡は取れても、関係する人たちがどこにいるのかもわからないようです。治外法権みたいなものです」

「日本の情報局が、接触を試みています。進展があるかもしれません」僕はそれだけ言っておいた。

上層部がどんな方針で臨んでいるのか、僕には伝わってこない。おそらくは、各レベルでの取引があって、バランスを取った状態で見かけ上の静止、あるいは等速の運行を行うのだろう。それを、下々の者は「平和」と呼ぶのだ。

2

ツェリンが意外な経路を知っていた。神殿の裏庭に出て、そこにある石積みの小屋の中から地下への階段を下りていくと、土のトンネルがやがてコンクリートになり、鋼製《こうせい》の螺《ら》旋《せん》階段につながっている。最後は、分厚いシェルタの二重シャッタを電気駆動で開けて、広い通路に出る。その通路が、神殿の地下の大広間に通じていた。この広間に、一カ月まえの爆撃のとき、ナクチュの住民が全員避難したのだ。

この経路は、僕たちの居住スペースから聖地までのショート・パスになる。電動の二重シャッタの開け方も、ツェリンから教えてもらえた。神殿の正面から入る経路は、屋外を長く歩くため、衛星やドローンに察知される危険がある。神殿に頻繁《ひんぱん》に出入りするところをあまり見られたくない、という点からも好都合だった。

最初でもあり、聖地の調査は一時間ほどで切り上げ、僕たちは居住スペースに戻った。アネバネは、この近辺のパトロールに出かけていたが、僕たちよりも少し遅れて戻ってきた。全員が集まる場所は、会議室を改造した部屋だった。モニタ・テーブルがあって、ロボットも一台常駐している。その場所で午後のティータイムになった。

テーブルの上に、カンマパからのメッセージが浮かび上がった。彼女の顔がアップになり、歓迎の言葉が英語で語られ、そのあと、「あの深い地における調査にも、できるかぎりの協力をいたします」とのことだった。

「おそらく、カンマパはあそこの由来を知っているのでしょう」僕はそう言いながら、ツェリンを見る。彼女は頷いて、肯定を示した。「ただ、あのときは、私と一緒には入らなかったんです。それは、地下で案内する人がいたからだと思います」

「誰がいたのですか？」ツェリンがすぐにきいた。

「聞いていませんか？」僕はきき返す。彼女は首を横にふった。「あの日です。シンポジウムが終わって、ここへ来ましたね」

「はい。ハギリ博士は、一人で神殿に行かれたのでは？」

「中で待っていたのは、一人の女性で、名乗りはしませんが、顔見知りです。僕も、ヴォッシュ博士も意見は一致しています。彼女は、マガタ・シキ博士です」

「え？」ツェリンは小さく口を開けた。「なにかのジョークですか？」

僕は微笑んだ。ツェリンは、縋《すが》るような視線をヴォッシュに向ける。

「私とハギリ博士は、マガタ・シキに会ったことがある」ヴォッシュが言った。「つまり、彼女を知っているんだ」

「同姓同名の方がいらっしゃるのですか？」

「名前の問題ではありません」

「でも……、まさか、そんなことって……」ツェリンが首を横に振りながら言った。無理に笑おうとしている顔だった。

「もし、マガタ博士が生きているとしたら、年齢は二百五十歳くらいになるね」ヴォッシュが指を立てる。「ありえない年齢と考えるのか、あるいは、可能性があると考えるのか……」

「もちろん、本人でない可能性もあります」僕は言った。「ただ、偽物だとしても、実に素晴らしい機能を持った偽物です。会話をすれば、それがわかります。まるで、その……、天才が作り出したような素晴らしさです」

「その……、ハギリ博士が神殿で会ったという人は、どこからここへ入ったのでしょうか。それに、どこへ行ったのでしょうか。今、どこにいるのですか？」

「わかりません。ここには、まだ充分にわかっていない部分がある。どこかに経路があるかもしれない。どこかに、ここみたいに、人が暮らせるスペースがあるかもしれない。そのように設計されている可能性もあります」

「何のために？」

「そう。そこだ」ヴォッシュが言った。

「それを、今ここで、三人の頭脳が考えようとしているわけです」そう言いながら、部屋を見回す。ウグイが壁際に立っている。「あ、いや、四人かもしれない」

「つまり、あの地下の死体安置所は、マガタ博士に関係があるのですね？」ツェリンが言った。「あるいは、もっと直接的に……、マガタ博士が作ったもの、設計をしたもの、と考えて良いのですか？」

「そのとおり」ヴォッシュが頷く。

「しかも、それを……」ツェリンは、視線を僕へ向けた。「ハギリ博士に、知らせたわけです」

「そう……」ヴォッシュがまた言った。「そこが焦点だ」

「私は、自分が選ばれたのは、単なる偶然だと考えています。私に特別な能力があるとかではなくて……」僕は静かな口調で話した。「そもそも、あのクーデターのときに、ヴォッシュ博士もここへ導かれた。私とツェリン博士もここへ導かれたようなものです。私たち三人は、なんらかの条件に合致していて、彼女に選ばれたのではないでしょうか。もう少し広く考えれば、テンジン知事や、ラマも、そうかもしれません。日本のアリチ博士も、その可能性があります。とにかく、一つ言えることがあるんです」ヴォッシュを真似《ま ね》て、僕も指を立てた。「人類問題の関連技術に携《たずさ》わっていて、なおかつ、ウォーカロン・メーカ側ではない研究者が選ばれたということです」

「素晴《すば》らしい」ヴォッシュは言った。「私の結論も同じだ。この一カ月間考え続けた末、その結論に私も至った。ナクチュについて調査をする委員会を作ったとしたら、おそらくこの三人が選ばれる。そういった人選を、女神がしたというわけだ。我々は、お互いに補完し合う知識と技術と権限を持っている。そうだろう?」

科学者にしてはいささか大袈裟《おおげさ》な物言いだと思ったが、素直に僕は嬉しかった。天才に言われるのだから、悪い気持ちはしない。

僕の身の回りで起きていること、特に暴力に訴える強引さは、おそらくは緊迫した事情によるものであって、本質はその見えない事情の方なのだ。表面に現れる皺《しわ》は、それよりもずっと大きな全体の歪《ゆが》みの結果でしかない、ということだ。なんらかの勢力が密《ひそ》かに争っている。争うというのは、すなわち奪い合い。奪い合っているものがはたして何なのか……。

さらにそこへ、別の勢力が現れた。それが、僕とヴォッシュがマガタ・シキ博士と認識している存在だろう。抽象的な力関係として、そう捉《とら》えられる。目に見えるのは一人の女性でも、そのバックグラウンドは果てしなく大きい。国家に匹敵するほど巨大なシステムだろう。となると、争っている前者二つの勢力も、それ相応に巨大だということになる。力学的なバランスからそれが導き出せる。現状は、その大きさの割に動いていない。小競《こぜ》り合《あ》いのように見えるのは、力が均衡しているためだろう。

「まず、我々の側とは何か、を話し合う必要がある」ヴォッシュが言った。

「我々側というのは、つまり、人間側ということでしょうか?」僕はきいた。

「その対立は、たしかにもっともらしい。単純で、しかも説得力がある。相手がウォーカロン・メーカだという証拠は、今のところ具体的には挙《あが》っていない。ただ、実働しているのがウォーカロンだというだけだ。犯行声明があったわけでもない。したがって、その見方は、あまりにも短絡的だろうね」

「そうですよね。だいいち、ウォーカロン・メーカのトップは、今でも人間が務めているものと思います」僕は言った。「ウォーカロン自体が、人間が作ったものであり、人間の夢だったわけですから」

「それに……」ヴォッシュは鬚を指で撫でた。「考えてもみたまえ。人間は人間を作ろうとしたんだ。ウォーカロンが人間に近づけば、彼らだって、自分を作りたくなるのではないかな」

「その、作るというのは、生産するという意味ですか？　それとも、子孫を繁栄させるという意味ですか？」

「どちらでも良い。同じだ。夢とか未来とかいった方向性は、人間並の機能を持った思考回路ならば、必ず行き着く概念だろう。逆にいえば、その概念を捉えることが、意識というものを形成する。自分たちが生きていることを明確に認識させるものだ」

「認識というよりも、錯覚かもしれませんね」僕は以前から考えていることを言った。「それは、言葉だけの解釈、あるいは分類にすぎない。認識も錯覚も、機能としては本来、同じものだよ」

ヴォッシュのその指摘は、非常に先鋭な意味があるだろう。僕は、そう感じる。それを既に知っている、と言っても良い。人類は、ずっとそのことを考え続けてきたのだろう。それが、人間を作ったといっても過言ではない。

「このナクチュを作ったのが、マガタ博士だということでしょうか？」今まで黙って話を聞いていたツェリンが沈黙をついて質問した。

「ここの住人は、明らかにアジアの民族ではない。世界中から集められているように見えます」僕は答えた。「それから、あの冷凍された死体は、未来に向けて、人間の細胞を送ろうとしたのではないでしょうか。いずれも、人為的ですし、マガタ博士の研究領域といえると思います」

「未来へ送る？　そんなことをしなくても、ナクチュにはまだ千人も生きている人たちがいます」

「神殿の地下は、明らかに核シェルタとしてデザインされている」ヴォッシュが言った。

「地上が核攻撃に晒《さら》されることを想定して、あそこが作られたと見るべきでは」

「なるほど……」ツェリンは頷く。「それでは、その核攻撃が回避され、人類本来の生きたままの細胞が保存されているのに、何故今、あの場所の存在を私たちに知らせたのでしょうか？」

「それは、私も考えてみたのですが……」僕は首をふった。「残念ながら、わからない。わからないことだらけです。でも、今我々が直面している問題を解く鍵《かぎ》があそこにあると考えるのが、まあ、楽観的かもしれませんが、一つの解《かい》になるのでは、と思っています」

「とにかく、調べてみなければ、なにもわからない」ヴォッシュが呟いた。

3

カンマパからメッセージが届き、彼女のオフィスへ来てほしい、とのことだった。コミュータが迎えにいくと言われたが、距離を尋ねると数百メートルだというので、歩いていくことにした。ツェリンやヴォッシュは、測定器材の準備をしている現場を見にいくと話していた。既にそちらには、マナミやペィシェンスがいるはずだ。

ウグイとアネバネが一緒に行くと言ったが、僕はそれを断った。アネバネには、ヴォッシュ博士の護衛を依頼した。ウグイは、どうしても僕と行動を共にする、それが自分の役目だと主張したので、そうまで言うならば、と許容することにした。人間特有の強情《ごうじょう》さである。

二人でレトロな街の中を歩いた。歩道を歩いている人とすれ違う。みんな軽く頭を下げていくのだが、こちらを見ないように視線を避けている。これは、まえに来たときも感じたことで、恥ずかしがっているか、あるいはそういった文化なのだろう。子供たちが、声を上げて走っていく光景には、思わず立ち止まって見蕩《みと》れてしまった。

「あんなふうに、声を上げて走るんだね」僕は言った。

「私も初めて見ました。声を上げる理由は何でしょうか?」

「ウォーカロンにはインストールされていない特性かもしれない。ほかの動物でも、ああなのかな。子犬は吠《ほ》えながら走るのだろうか？」

「そんな映像は見たことがありません」ウグイは言った。

しばらく黙っていると、ウグイが別の話題を持ち出した。

「ヴォッシュ博士の助手は、ウォーカロンだと聞きましたが、なにか、特別な事情でもあるのでしょうか？」

「パティのこと？　さあ、特にそういう話は聞いていない。本人に尋ねてみたらどうかな」

「身のこなしが普通ではありません。なんらかの能力を持っているようです」

「へえ、そんなことがわかる？」

「歩くところを解析しました。戦闘用の身体能力の可能性があります」

「戦闘用？　ああ、つまり、メカニカルなボディだということ？」僕は横を向いてウグイを見る。彼女は頷いた。「そういうことが、わかるんだね」

「わからないと戦えません」

「彼女は味方なんだから、戦う必要はないと思うけれど」

「いえ、万が一の場合に備えて、測定をする決まりになっています」ウグイは、片手の人差し指を目の横につけた。彼女の目にはその測定装置が組み込まれているのだろう。

「じゃあ、きくけれどさ……、彼女みたいなウォーカロンと戦うには、どうすれば良いのかな?」

「誰が戦うのですか?」

「私じゃない、君だ」

「戦い方なら、心得ています」

「だから、それを教えてくれないか、という意味なんだけれど」

「そういう意味でしたか」ウグイは頷いた。「申《もう》し訳《わけ》ありませんが、私自身のノウハウなので、公開するわけにはいきません」

「それね、えっと、彼も、アネバネも同じだ」僕はウグイに向かって指を振った。「いじわるだよね。なんか、全然教えてくれないじゃないか。そういう決まりでもあるの?」

「あります」

「え? どんな?」

「無駄口《むだぐち》をきかないこと」

「無駄口じゃないと思う。うーん、君たちの戦法がわかれば、私が自分の身を守るときの参考になるかもしれない」

「なりません」

「どうして?」

「身体能力と、武器を扱う技術が大きく違います」

「まあ……、そう、そうだろうね。私は戦う気なんてさらさらないんだ。とにかく、逃げることしか頭にない」

「賢明だと思います」

「だから、君もさ、まずは逃げることを考えた方が、なんというか、その、賢明じゃないかな」

「お言葉ですが、逃げていたのでは職務が遂行できません」

「しかし、優先というものがあるだろう?」

「あります」

「まずは、自分の命を守ることが優先なのでは?」

「時と場合によります」

「うん、それはそうだろうけれど……、なんか、う～ん、私の個人的な感想だけれどね、君は、少々勇敢《ゆうかん》すぎると思うんだ」

ウグイは、表情を変えず、こちらをじっと見た。にこりともしない。

「勇敢なことは、良いことだろうか?」僕は疑問を口にした。

「それは、観察される方の判断だと思いますが」

「君自身にとっては、どうなのかな?」

「質問の意味がわかりません」

「自分が勇敢だと思っている？」

「いいえ」

「え、そうなの？　ふうん……、じゃあ、臆病《おくびょう》だと思っている？」

「いいえ」

「あそう。つまり、そういう評価をしない、と言いたいんだね？」

「言いたくはありませんが、はい、わざわざそんな評価はしません」

「そうだと思った……」僕はさらに考えた。「えっとね……、私がどう考えるか、という話をしよう。私は、君のことを勇敢だと評価している。君のおかげで命拾いしたし、こうして近くにいてくれると安心だ。でも、私がどのように君を評価しようと、君には影響がない、ということだね？」

「そうです」

「うん、わかった。ようするに、完結しているんだ、自分の中で」

「あの、どうしてこんな議論をしているのでしょうか？」

そのとおりだ、と思った。返す言葉もない。頼むから、職務のためにそんな献身的で危険な行動を取らないでほしい、と言いたかったのだが、僕が何を言おうが、彼女には影響しないということらしい。そう言われてしまっては、こちらとしても、意見の根底が揺《ゆ》らぐ。出直した方が良さそうだ、と思った。ちょうど、カンマパが指定した建物の前まで来たので、話はそこで打ち切りになった。まるで、空中に向かって塗装のスプレィを吹くような感じだ。どこにも色が着かないうえ、塗料が無駄になる。ウグイは空気なのか、と思ってしまった。

コンクリート造二階建ての質素な建物だった。ドアの前に、警官が一人立っているだけで、まるで交番みたいだ。僕が近づくと、警官はこちらを知っているらしく、頭を下げて、ドアを開けてくれた。

入ったところに、十人くらいの人がいて、一斉にこちらを見た。警官が二人、奥のドアの前に立っていた。そのドアが開いて、カンマパが顔を出した。僕を見て、にっこりと微笑み、こちらへ出てくる。幾つか歓迎の言葉を浴びたあと、部屋の中へ案内される。ウグイには、前室で待つように指示した。おそらく、ほかの数名も同様に待機している人員なのだろう。

オフィス風の部屋で、奥に窓があって、綺麗《きれい》に整備された庭が見えた。ソファで一人の男性が立ち上がった。

「こちらは、チベット中央政府の文化部長、ガワンさんです」カンマパが紹介してくれた。次に相手を見て言った。「日本から調査にきていただいているハギリ博士です」

僕は、ガワンと握手をした。背が低く色の黒い中年で、肩に徽章《きしょう》のようなものを付けていた。制服なのかもしれない。カンマパに勧められて、僕はソファに座る。ガワンの正面だ。カンマパは、肘掛け椅子《ひじかいす》に腰を下ろした。

「テンジン知事から先生のことを伺っております。識別装置がこれほど早く設置されるとは思っておりませんでした。大変感謝をしております」ガワンはそう言って、両手を合わせた。

「ここで私たちがナクチュの子供たちを測定するときに、誰か一緒に見ていたら良いと思います。機器の使い方が覚えられるでしょう」

「はい。そうしたいと思います。明日にも一人、こちらへ呼びましょう」

「それから、改めて、お礼を言わなければなりません」僕は、カンマパの方を向いた。

「ご協力に感謝をいたします。私たちのために、部屋も近くに用意していただきました。本当に助かります」

「あ、では、私はこれで……」ガワンが立ち上がった。

僕は、少し驚いた。なにかもっと話があるものだと考えていたからだ。挨拶をして、ガワンが出ていったあと、僕はカンマパの顔を見た。彼女は、僕に再び座るように促《うなが》した。

「子供たちの脳波測定について、ガワン氏と話しました。中央政府は、そのためにハギリ博士がこちらへ滞在していると信じています」カンマパが言った。

「そう信じてもらった方がよろしいと思います」

「しかし、実際には、そうではありませんね?」カンマパは首を傾げた。彼女は当然、あの聖地のことを知っているのだ。僕が頷くのを確認して、彼女は続ける。「ヴォッシュ博士もいらっしゃいました。よほどのことなのでしょう。おそらく、私に対する質問を用意されているものと想像いたします」

「はい、そのとおりです」もう一度、僕は頷いた。

「でも、私には、お伝えできるほどの知識も情報もありません。あそこは、私たちの一族が守ってきた場所です。内部については、ナクチュの人々にも秘密にしています。立ち入ることはできません。たとえ、無断で入ったとしても、エレベータが作動しません」

「今日動いたのは、解除されていたからですか?」

「そうです。ヴォッシュ博士とツェリン博士もご覧になったのですね?」

「はい。あれは、人類にとって貴重なものです。歴史的な史料としてもそうですが、もっと、その、科学的な意味で重要な価値を持つことになると感じています」

「何故、私があそこを貴方《あなた》に見せたのか、と問いたいのではありませんか?」

「そのとおりです。一番の問いはそれです」

「神のお告げがありました。私は、それに従っただけです」

「神の? それは、どのようにしてもたらされるのですか?」

「ここの区長は、それが任務なのです」

「何が任務なのですか？」

「神の声を聞くことがです」

「どうやって聞くのですか？」

カンマパはそこで視線を逸らせ、そして再び僕を見たときには、にっこりと微笑んでいた。

「ハギリ博士、貴方は、私の声をどうやって聞くのですか？」

それと同じだということか。しばらく待ったが、彼女はそれ以上の説明をしようとしなかった。

「別の質問をしてもよろしいですか？」

「ええ、もちろんです」

「あの場所へは、よく行かれるのですか？」

「いいえ」カンマパは首を振る。「お告げがあったときだけ参ります」

「何をしに？」

「ただ、行くだけです。そこで祈ります。私が区長になって、幾度か行きました」

「私とあそこへ行ったとき、貴女《あなた》は、中に案内をする者がいる、と言いましたね？」

「はい」

「それは、誰ですか？」

「変な質問です。私は会っていない。会われたのはハギリ博士ではありませんか?」

「ええ、会いました。貴女は、中にいたあの人を知っていますか?」

「知りません。誰がいたのですか?」

「というよりも、あそこに誰かがいると、貴女は知っていましたね?」

「誰かはいます。あそこを維持する者がいます。操作をする者がいます。それは、あそこが作られたときからいたはずです」

「いえ、ロボットではなく、人間です。人間がいるのですか? どこに住んでいるのですか? どこか外部から来るのでしょうか?」

「人間がいたのですか?」カンマパはきいた。「貴方が会ったのは、人間だったのですか?」

「わかりません」僕は首をふった。「人間ではないかもしれません」

カンマパは、じっと僕を見据えたまま黙った。僕の質問は矛盾している。あのとき会った女性は、マガタ・シキだ。それを言うべきか迷った。名前を出しても、しかし、おそらく彼女のシールドを剝《は》がすことはできないだろう。そんなことは、百も承知なのだ。区長は、世襲制だという。だとしたら、カンマパの一族は、マガタ・シキとなんらかの関係がある可能性が高い。

「あそこに安置されている冷凍された遺体の調査をしたいと思います」

「はい、それは事前に伺っております」

「まずは、遺伝子について調べます。どのような人たちなのかがわかります」

「ナクチュの住人の先祖であることが、きっと確かめられるでしょう」

「死因も調べます」

「はい」

「なにか、あそこのことについて、伝わっている話はありませんか?」

「いいえ」カンマパは首を横にふった。「一族の言い伝えといえば、あの場所については、見てはいけない、言葉にしてもいけない、と……」

「ああ、そういえば……」僕は思い出した。「ナクチュの人々は、私たちを見ないようにしますね。それも、その言い伝えのためですか?」

「そうです。博士たちを、神聖な方、神の使いだと受け止めているのです。神殿に出入りをしているのでなおさらでしょう」

「具体的にどのような言い伝えですか?」

「それを言うことも憚《はばか》られるのです。ですから、外部には漏《も》れることがありません。ただ、私はもちろん、迷信を信じているわけではありません。それに、ハギリ博士にはお伝えした方が良いかもしれませんね」

「お願いします」

「目にすれば失い、口にすれば果てる」

4

カンマパとの会見を終え、部屋を出ていくと、前室でガワンが待っていた。椅子から立ち上がり、僕の近くへ来た。ほかには、四人の男とウグイがいずれも立っている。四人は、ガワンの関係者だろうか。

「ハギリ先生、一つお願いがあって、お待ちしていました」ガワンが囁《ささや》くように言った。

「何でしょうか？」僕は尋ねる。立ち話である。

「子供たちの測定を見学したいという申し出がありました」

「そうですか、べつにかまいませんよ」

「それが、我々も少し驚いているのですが、ホワイトの人間なのです」

ホワイトと聞いて、ＷＨＩＴＥを思い出すのに二秒ほどかかった。ウォーカロン・メーカの連合組織だ。先日のクーデターは、ウォーカロン・メーカがバックにあったものと一般には認識されている。ガワンはもちろん中央政府関係者であって、つい一カ月まえに銃火を浴びせ合った相手ということになる。

「それについて、ガワンさんは、どう思われるのでしょうか？」

「私は、実は反対しております。しかし、テンジン知事は承諾しました。あの方はそういう方です。ああ、つまり、懐《ふところ》が大きい」

最後の部分は日本語だった。発音からして、堪能《たんのう》だということがわかった。

「懐が深い、だと思います」僕は容赦なく指摘したが、もちろん微笑んで刺激を緩和したつもりだ。「敵であっても、こういったものは公平であるべきだ、という正論ですね」

「そのとおりです」

「ええ、私は、テンジン知事の考えに賛同します」

「ああ、そうですか。ありがとうございます」ガワンの顔がぱっと明るくなった。表情が豊かというか、そういった演技をしているのだろう。今は政治家だが、もともとは官僚だったのではないか、と想像した。日本にも、この種の人間は多い。

「テンジン知事は、相手の要求を受けるかわりに、こちらからも要望を出したのです」

「なるほど……」したたかですね、と言いそうになったが、それは思いとどまった。政治家というのは、この方面での強さがある。否、実業家であっても、きっと同じだろう。研究者には思いも寄らない発想といえる。

「ウォーカロン・メーカ内の見学を取り付けたのです」ガワンは、そう言うと、僕を横目で見るようにした。不思議な表情だが、意味はわからない。

「誰が、見学するのですか?」

「ツェリン博士とヴォッシュ博士からは、希望を聞いておりますが……」

「おやおや」僕は思わず肩を竦《すく》めてしまった。

「ハギリ博士は、どうなさいますか?」

「もちろん、願ってもないことです。よろしくお願いします」

僕は、頭を下げてから、ドアの方へ歩いた。警官がドアを開けてくれた。ウグイがいつの間にかすぐ横にいて、一緒に外へ出た。

ガワンは、にっこりと笑ったまま頷き、次に両手を合わせてお辞儀をした。

建物を離れ、来た道を戻ることになった。ウグイは、まだすぐ横にいる。いつものように後ろを歩かない。なにか話があるようだ。

「なにか……」と僕が言いかけたら、

「どうして……」とウグイも言葉をぶつけてきた。

僕は黙って、片手を出して、彼女にさきを促した。レディ・ファーストである。彼女がレディならば、であるが。

「どうして、独断で引き受けられたのですか? 局長の許可が必要な事項だと思います。だいいち、非常に危険です。火の中へ飛び込むようなものです」

「うん、なかなか、表現が豊かだね」

「ありがとうございます。先生は何をおっしゃろうとしたのですか?」

「なにか、僕に言いたいことがあるだろう?」

「あります。それを今言いました。さきほど、私のことを勇敢すぎるとおっしゃいましたが、私にしてみれば、先生の方が勇敢すぎます。楽観的すぎます。あの、言いたくなかったのですが……」

「言いなさい」

「私が危険な状況になるのは、先生が危険な場所へ出ていかれるからです」

「そのとおりだ。申し訳ない」

「いえ、そのことについては、不満はありません。満足はしていませんが」

「満足していなかったら、不満なのでは?」

「少しだけ、不満です」

「うん、わかった」

その返事だけをして、黙って歩くことにした。彼女は、既に後ろに下がった。三メートルほどの距離でついてくる。途中で振り返ったが、べつにいつものウグイだった。表情はまったく変わらない。いつの間にか、またサングラスをかけている。

彼女の言うとおりだ、と反省した。僕が勝手を言ったのが原因で、危険に陥ったことがあった。たぶん、二回ではないかと思う。一回めは、なんとか彼女が助けてくれた。二回めのときに、ウグイは重傷を負った。だが、それについては既に反省したので、その後は、僕の判断ミスで彼女が危機になったことはない。なんとなく、上手《うま》く凌《しの》いでいる。今のところは迷惑をかけてはいない。これからも気をつけよう。そう心に刻んだ。

もしかしたら、ウグイは、僕のおかげで自分が助かったと考えているのかもしれない。そんな発想を一瞬だけ持った。職務とはいえ、異様に僕に干渉するのは、きっとそのためだろう。そう解釈すると、なんとなく微笑ましい。腹も立たない。平和である。

機嫌《きげん》良く現場に戻ってきた。現場というのは、明日から測定を行う場所で、神殿の手前の地下駐車場の一画をパーティションで仕切ったスペースだった。マナミが中央にいて、僕を見てお辞儀をした。ほかに、ヴォッシュの助手のペィシェンスが、スチールの棚《たな》に機器を載せる作業をしていた。重量物を一人で持ち上げられるようだ。ほかに、配線をしている工員が一人いる。彼も日本人で、顔を見たことがあるスタッフだった。

「どう?」とマナミにきいた。

「順調の八十パーセントくらいです」

「それは、順調だね」

振り返ると、ウグイは中に入ってきていない。外にアネバネがいたので、彼と打合わせをしているのだろう。

「彼女は、どう?」僕は、マナミにペィシェンスのことを尋ねた。

「とても助かっています」

「なにか話をした？」

「いえ、特になにも……」マナミは首をふった。

僕は、ペィシェンスのところへ歩いていく。彼女は、僕が近づくのに気づいて、持っていたプラスティックの箱を床に置いた。

「なにか、ご用でしょうか？　ハギリ博士」綺麗な発音の英語だった。

「休憩はしている？」

「いいえ、私にはその必要がありません。ありがとうございます」

「何が？」

「温かいお言葉をかけていただいたことに感謝をいたします」

「丁寧《ていねい》だね」僕は微笑んだ。「ヴォッシュ博士から、私のことを聞いている？」

「はい、伺っています。それに、ハギリ先生のご業績についても、調べました。素晴らしいと思います」

「どうして、素晴らしいと思うのかな？」

「多くの学者が評価をしているからです。社会に貢献しているからです」

「君は、何歳になるの？」

「一度リセットされているのですが、そのリセットから八十五年になります」

「それ以前は？」

「それは、わかりません。データが残っておりません」

「八十五年間は、ずっとヴォッシュ博士のところで仕事をしているんだね?」

「はい。ずっとお世話になっております」

「特技は?」

「大したことではありませんが、計算とデータの記録、それから、平均的な数値の二倍の筋力を授《さず》かっています」

「人間の二倍?」

「そうです」

「失礼な質問かもしれないけれど、もしかして、エネルギィは電気?」

「はい、そうです。二日に一度充電が必要です」

「かなり以前のタイプだね」

「そうだと思います。お恥ずかしいことです」

「いや、恥ずかしくはないよ。力を出すためには合理的な選択だし、それから、古いことは、それだけ立派な働きをした証拠だと思う」

「ありがとうございます」

人形のように可愛《かわい》らしい顔をしている。それがまた、絵に描いたように微笑んだ。僕は、彼女から離れて、マナミのところへ戻った。

「いちおう、装置が稼働したら、彼女も測定しておいて」

「え、あの人ですか？」

「そう……。明らかなウォーカロンだけれど、最近あまり見かけないクラシカルなタイプだ。興味がある。システムに取り込むのではなくて、研究データとして」

「わかりました」

「なにか、不足しているものはない？」

「ケーブルが一本不良だったため、足りなくなりましたが、さきほど、調達できました」

「明日から、始められるかな？」

「大丈夫だと思います」


パーティションから出たところで、ウグイが待っていた。アネバネの姿はない。

「アネバネは？」僕は辺りを見回してきいた。

「休んでいます」

「え、具合でも悪いの？」

「いいえ、夜勤になったので」

「夜勤？　夜の警備をするってこと？　いや、そんな必要はないよ」

「最初の日が一番危ないと思います」

「どうして？」

「統計データから」

「誰がそんな統計を？　危ない日を集計したわけ？」

これにはウグイは答えなかった。だいたい、僕という人間を理解している証拠といえる。

夕食は、ツェリンとヴォッシュと共にする約束だが、それまでまだ二時間ほど時間がある。自室へ戻って、ベッドの上で読書でもしようか、と僕は思った。たぶん、十分で寝てしまうだろう。

5

明日から本格的に作業が始まるから、今夜が一番リラックスできるだろう、と思って僕はディナに臨んだ。しかし、話相手は、ヴォッシュとツェリンである。特に、ツェリンは、憧《あこが》れの大科学者であるヴォッシュと落ちついて話がしたかったようだ。一カ月まえには、そんな余裕がとても持てなかったのだから、当然かもしれない。

地下なので、外は見えないのだが、テーブルの上に周囲の夜景を映し出すことができる。月も出ているようだ。標高が高いこともあって、空気が澄み渡っている。星は驚くほど鮮明だ。機会があったら、夜に外を歩いてみたい、と僕は思った。

ツェリンと初対面の日に、彼女と少し話し合ったことのあるテーマだった。ウォーカロンの頭脳は意識を持っているのか、という疑問をツェリンは抱いている。電子頭脳から進化した、人工的な思考回路にすぎないものが、生物としての自意識を持っている、といえるのか。見かけ上は持っているように振る舞うが、それは単にそうプログラムされているだけではないのか。特に、ウォーカロンは生来、子孫を作らない、つまり、自分たちの歴史がない。そんな環境下にあって、人間のような意識が生じるとは思えない、というのが彼女の主張である。

「歴史がないという点に絡《から》めるのは、面白い発想ではある。以前に、その説を唱えた社会学者を知っています」ヴォッシュは穏《おだ》やかな口調で話した。「歴史がなければ、神もない。となれば、人というものの概念が生じないのではないか。人という概念こそが、意識の源であるはずだ、と彼は主張しました。アダムには意識がなかった。意識が生まれたのは、イブからということになる。ただ、彼らには、神はあった」

僕は二人のやり取りを興味深く聞きながら、料理を味わっていた。部屋には三人しかいない。ウグイはドアを出た通路にいるはずだ。きっと壁にもたれて立っているだろう。

「ツェリン博士の主張を否定する物理的証拠というものはありません」ヴォッシュは言った。「今、議論をしている私、貴女、ハギリ博士、この三人が人間らしいというだけです。私は自分を人間だと知っている。それから、意識のようなものを感じている。これが私の唯一の物証だ。あくまでも私の物証。私たちの物証ではない。私たちの物証となるには、私が貴女の意識を体験しなければならない。もし万が一、私がウォーカロンだったら、どうなるでしょう？　仲間のウォーカロンに意識があると確信するでしょうか？」

「ウォーカロンは、意識があると思っているようです」僕は、一言だけいった。「彼らには、悩みもある。自分と人間の関係に悩んでいます」

「そう話すことは、意識がなくても可能では？　それが、本当に彼らの意識かどうかということです」ツェリンが言った。「たとえば、肉体を持たない頭脳には、意識はあるでしょうか？　五感もない頭脳です」

「五感を失った頭脳であれば、意識があったことが確認されている。それは、五感を取り戻したあとに、そう報告した例がある」ヴォッシュは語った。「しかし、ずっと五感がない、最初から五感がない、という条件では、どうなるかわからない。それから……、どうも、今の議論は、意識がどのレベルのものであるかを曖昧《あいまい》にしたままで、非常に不安定だと感じる。たとえば、意識の有無ではなく、生命の有無にテーマを置き換えても、同じ議論になるでしょうな」

「生命の有無は、物理的に証明されていると思いますが」ツェリンが言った。

「そうでしょうか？　いちおうの定義はある。有機体のエネルギィ変換、あるいは、なんらかの自己防衛機能、さらには、自らを再生する生殖機能です。いかがでしょう。これが二百年まえに、ほとんどの科学者が合意していた生命の定義だ。ところが……」ヴォッシュは両手を広げてみせた。

現在の人類の大部分は、生殖機能を失っている。人間だけではない。多くの哺乳類《ほにゅうるい》が同じ危機に瀕《ひん》している。もし、その三つが生命の定義ならば、我々は既に生き物ではないことになる。生きていないということは、死んでいるということ。つまり、単なる物体に成り下がったというわけだ。

「私たちは、肉体の細胞を新しくする技術を得ました」ツェリンは言った。「これは、自らの再生にほかなりません。つまり、広い意味では、生殖機能と同じものです。そもそも、生殖機能は、自己防衛機能の一部でした。手法が変わった。次世代の生き物になったということです」

「人間だけがですか？　ほかの動物たちは、人間の手を借りなければ、絶滅するわけですね」ヴォッシュが言う。

「今のままでは、そうなると思います。人間が個体を救わないかぎり、動物は存続できません。悲しいことですが」

「その、生きている、という感覚が、意識の起源だとは考えられませんか？」ヴォッシュは言った。

「私は、その命題は、逆だと思います。でも、ええ、博士のおっしゃりたいことと同じかもしれませんね」

「それから、意識というものを、わざわざ抽出して論じるのは、何故なのでしょうか?」ヴォッシュは尋ねた。

「どういうことですか?」ツェリンは首を捻《ひね》る。

「信号でしかない反応に、なんらかの価値を見出《みいだ》したいと人間が考えるのは、何故なのか」ヴォッシュはゆっくりとした口調で言った。「生きていると考えるのは、何故なのでしょう。つまりは、そういうものに崇高な価値があると思いたい。その願望は、どこに起源があると思いますか?」

「それは、考えたこともありません」ツェリンは首をふった。

ヴォッシュが僕を見て、つられるようにツェリンも僕を見た。

「太古において、人は、自分以外のものにも意思があると考えました。天体や自然に対してです」僕は考えながら話した。「精霊や神という存在を信じました。それは、繰り返される環境の変化が、なんらかの意味を持っている、法則がある、理由がある、そこにはなんらかの意図があるはずだ、という思想です。そう考えたのは、自分たちの意識と類似のものが、自然の中にも存在してほしかったからでしょうね。それがいつの間にか、精霊や神ではなく、基本的な物理原理を信仰するようになった。宇宙のすべてが、その原理に従っていて、それを探究すれば、すべて理解することができると考えた。そんな合理主義が、意識というものの存在を、あやふやなままにさせないのでしょうね。違いますか?」

「ハギリ博士は、ウォーカロンは人間と同じだとおっしゃいましたね」ツェリンは言った。

「はい。ウォーカロンに意識がないなら、人間にも意識はない、ということになりますね。ウォーカロンが生きていないなら、人間も生きていません。意識の有無、生命の有無は、私にはよくわかりません。ただ、それらしいものが観察されるというだけです。アンドロメダがあるのかないのか、誰もそこへ行ったことはありません。ただ、あるように見えるというだけです。しかし、科学者は胸を張って、それをあると言うのではないでしょうか。それが科学の合理だからです」

「その意味でなら、ええ、私もウォーカロンは人間並みに意識らしいものを持っていると思いますが」

「ならば、それでよろしいのではありませんか?」

「いえ、でも……」

「割り切れませんか?」

「はい。私の考え方が古いのかもしれませんね。私は、その、現在の一般的な人類よりも、古いタイプです。数十年まえまでは、ナクチュの人たちと同じでした」

「それは、誰でも同じです。人間は皆、母親から生まれました。最初は、誰もが古いタイプとして生まれたはずです」

「いえ、単に肉体の細胞のことではありますが、やはり、その、思考形成になんらかの影響を与えているのではないかと思えるのです。私は、子供を産んだことがあるから、そう感じるのかもしれません。逆にいえば、私も、あと五十年も生きたら、考えが変わるでしょうか」

「結局、意識などというものは、その程度のものだということではないかな」ヴォッシュが言った。「感情は、人間以外の動物にも観察される。怒ったり、喜んだりする。しかし、それは外界の刺激に対する反応でしかない。優秀な頭脳は、現実以外のものまで予想する。すなわち、自分の内側に外界を作る。そして、仮想の刺激によって反応するようになる。これが意識と呼ばれるものであって、反応であることには変わりない」

「その反応を観察するもの、でもありますね」僕はつけ加えた。

「そう、その自己観察が生まれたのも、つまりは、外側を内側に入れ込んだことによる。プログラムが、自分のプログラム・コードを読んで、それを書き換えるような行為だね」

「しかし、私のように考える科学者もまだいると思います」ツェリンは言った。「ほかにも考える人がいるから正しいと主張するつもりはありませんけれど……」

「というよりも、正しいとは何か、ということになりますね」僕は言う。「正しいとは、我々の頭脳が下す評価として、特徴的なものです。しかし、けっして、自然界に存在する一般的な概念ではないでしょう」

「意識を失っても、生命は保持されますね」ツェリンは言った。「どうしてなのでしょうか。意識を持つことが、生きることの目的ではない、といえるかもしれませんけれど、しかし、もしそうだとしたら、生きるのは何のためなのか。何故、生きようとするのでしょうか」

「それも、やはり、どこかに生き物としての正しさのようなものが設定されているように観察される」ヴォッシュが言った。「自然法則とはいえない。重力のような物理的なものではない。ただ、無理に当てはめれば、エントロピィの増大に逆《さか》らっている、自然現象への反発のような運動が、生命の正しさになってしまう。別の表現で言えば、秩序かな」

「秩序という概念が、限りなく生命的ですね」僕は言った。「我々が作ったものを、そう呼ぶだけです。生きている、という認識とほぼ同じ概念ですね」

「こういった議論は、きっとずっと昔から繰り返されてきたのでしょうけれど、でも、昔と違って、今では生命の神秘として片づけられるものが、明らかに消失しています。そこを基盤にできない」ツェリンが言う。「だからこそ、今、意識とか、生命とか、人間性とか、そのようなものが、実際に存在するのか、それとも単なる振舞いにすぎないものか……、見極める必要があると感じるのですが」

「そうだね、感じるということでは、同感だ」ヴォッシュが頷いた。「意義のある課題だと思う」

デザートは、ナクチュで穫《と》れたフルーツだった。原形を留《とど》めていないので、何かはわからなかったが、葡萄《ぶどう》に近い味がした。ただ、食感は瓜《うり》に似ている。日本では、人工食品を食べることが多く、自然のものがもっている複雑性と不純性をいつも感じる。

自室に戻る途中、ウグイの顔を見た。

「なにか、変わったことは?」

「特にありません。測定機器のセットが終わって、正常に作動することが確かめられたそうです」

「マナミが言いにきた?」

「はい」

僕は、シャワーを浴びてから、ベッドの中に入った。この頃、棺桶ではなくベッドで眠ることが多い。贅沢《ぜいたく》なことだ。グラス一杯だが、ワインを飲んだので、ぼんやりとしていて気持ち良かった。適度なアルコールというのは、このレベルのことらしい。

冷たくて柔らかい枕《まくら》に頭を埋めてから、僕の頭は、しばらく、とりとめもない哲学問題で空転しているようだった。

何故、人は考えるのだろう?

何のために、考えようとするのだろうか?

さきほどの議論も、それに今の僕の疑問も、生命維持には少しも役に立たない。自分を襲う危険にも無関係だ。

自己愛のようなものだろうか？

そこで、思いついたのが、愛という概念だ。これも不思議な観念といえる。愛するとは何か、という議論がきっとできるだろう。そういう感情が何故存在するのか。現代人は、既に愛の大半を失っている。自己保存の本能が消失してしまったことも一因としてはある。しかし、それだけではないはずだ。

一つには、年齢を重ねて生きている現実があるだろう。もう、この世に若い人間は少なくなった。愛は、低年齢が適しているらしい。そんな表現が繰り返されている。しかし、それだけではないはずだ。

人間は、ウォーカロンというパートナを作った。「人」を作れてしまうということは、人類の歴史では画期的なことだったが、同時にそれは、人間関係の基本的な部分が再構築される経験をもたらしただろう。周囲にいる人間の中からパートナを見つける面倒はなくなった。そう、愛は少なからず面倒なものだったのだ。

その傾向は、ウォーカロンの出現以前からも現れていた。たとえば、人以外のものに愛情を注ぐ形がある。人形や絵画のように人間を模したものはまだ近かった。人間の想像力はさらに自由で、あらゆるものが対象になったことだろう。

そして、許らずも、愛と呼ばれていたものが限りなく薄れていく現実に気づいたのだ。いつの間にかそれは、料理が美味《おい》しいのと同程度になった。その料理にしても、現在はどんな好みのものも人工的に作り出せる。十ほどの数字で表すことが可能で、容易に再現できる。同時にそれは、未体験の美味しさなどない、と言いきれる。人間が興味を示すほどの価値は認められない、と多くの人が諦《あきら》める対象になってしまった。

あらゆるものを手に入れようとして、結局のところ、あらゆるものを失っているのではないか、という気がしてならない。

しかし、だとしても、そんなに酷《ひど》い状況ではない。

それは確かだ。

面白いことは、まだいくらでもある。特に、僕のように研究をしている立場は恵まれているだろう。

はたして、自分には、生きたいという気持ちがあるだろうか、と自問した。

少なくとも、死にたいとは思っていない。危ない目には遭いたくない。不快や苦痛からは遠ざかりたい。危険は避けたい。なんとなく、それが正しいと感じているのは、これまで生きてきたことで築かれた単なる習慣だろうか？

どうも、そこが数値化できない。つまり、定量的に評価できそうにないな、と思った。

まあ、また明日か、明後日《あさって》か、いつか暇なときに考えることにしよう。

6

翌日の午前中に、マナミと二人で測定システムの最終チェックをした。ヴォッシュとペィシェンスが見にきた。簡単な説明をすると、ヴォッシュは、自分とペィシェンスに対して実際に試してほしい、と言う。思わず、マナミの顔を見てしまった。昨日、彼女にペィシェンスを測定しようと話したばかりだったからだ。

椅子に座ってもらい、ヘッドフォンをする。あとは、全自動だ。質問が流れ、それに対して、返答してもらう。言葉による返事ではなく、頷いたり、首をふる動作でも良い。目を開けている必要があるが、これも、絶対条件ではない。脳波のほかに、そういった数々の挙動を測定している。複合的に判断するのが、このシステムの特徴なのである。一人に五分ほどの時間がかかる。これは、もう少しスピードアップしたいと考えている部分だった。

ヴォッシュの次に、ペィシェンスを測定した。その間、ヴォッシュは僕に質問した。識別において、何が一番の決め手になるのかが、質問の趣旨だった。

「それが、その、どれがというものがないのです。そこが一番の特徴です。すべての観測から総合的に判断します。対象によって、どこで閾値《しきいち》を超えるのかが違います」

「面白いね。工学的というか、人間的判断の極みだ」ヴォッシュは言った。

工学的という意味は、つまり、理屈ではなく、対処だということだ。どうしてそうなるのか、どんな理由でこの測定が成立するのか、という議論を置き去りにして、ただ、結果として割り出せる。それは、人間の勘《かん》、人間の経験的判断も同様である。相手を信じるのか信じないのか、好意を持っているかどうか、敵か味方か、自分にとって利のあることかどうか、そういった判断を人は生きていくうえで何度も繰り返す。もちろん、見込み違いはある。しかし、経験を重ね、洞察力を養えば、かなり高い確率で正解を導くことができるようになる。しかし、どのようにして判定をしているのかは、明確に説明できない場合が多い。点数をつけて、この評価式で割り出しました、とは言えない。それが、人間的な判断の特徴なのだ。

測定の結果は、すぐに表示される。ヴォッシュは、九十五パーセントの確率で人間だと判断された。また、ペィシェンスは、二パーセントの確率と表示された。つまり、九十八パーセントの確率でウォーカロンということである。このシステムは、判別ができないという判断はしない。その解は、僕の同定方程式には存在しないからだ。判別が難しい場合には、確率の数字が五十パーセントに近づくことになる。新しいシステムになって以来、現在までにそういった結果は発生していない。ヴォッシュは、その質問をしたが、僕は用意している説明をした。もう何度もこの説明をしていて、だんだん返答が短くなっているな、と自覚している。

「素晴らしい。私が知っているものは、電極を頭につける。時間も十五分かかる」ヴォッシュが言った。

「それは、これのまえのバージョンです。装置のセンサは改良されて目立たなくなりましたが、機能自体は同じものです。時間が短くなったのは、データによって精度が上がったためで、ソフトをシェイプアップしたからです。同じ装置でも、ソフトのバージョンアップだけで対応できます」

「どうしても、会話が必要なのかな?」

「そこは、そうですね。そこが、最大のネックになっています。コミュニケーションによる外乱《がいらん》以外に、大勢に共通するインプットがないためですけれど」

「非接触で判別できたら凄いことになるが」

「無理でしょうね。そのまえに、おそらく、判別の必要がなくなるんじゃないでしょうか。ウォーカロンが進化して、人間に等しくなると思います」

「それは、判別システムをパスするルーチンを取り入れて、という意味でかね?」

「それもありますが、いえ、もっと根本的な部分で、人間に近づくのではないかという気がします。それは、私の分野ではありません」

ツェリンは、今日は別の仕事があるようで、姿を見せていない。彼女の本来の仕事は、このナクチュの調査だが、それは医療分野からは少し離れていて、民族学的な見地のものらしい。データとして記録をすることに意義があるのかもしれない。

途中で連絡が入り、昨日会ったガワンからだった。今日の午後に、ホワイトから派遣された見学者が来るという。人数を聞いたら、一人だと答えた。名前はヴァウェンサというらしい。

「一人というのは、意外ですね」僕は思わず呟いたが、ガワンはなにも言わなかった。また、中央政府から派遣する人間は、人選にしばらく時間がかかる、とのことで、今回は見送りになる可能性があるようだ。あるいは、もともと、そのホワイトの人間が、中央政府が人選した者なのかもしれない、とあとで気づいた。

連絡はそれだけだ。ヴォッシュにその話をすると、その名前はドイツかロシアではないか、と言う。

「大勢で来たら、こちらが警戒すると考えたのではないかな」と彼はつけ加えた。

「人間でしょうか？　それとも……」

「おそらくウォーカロンだろうね。一人で充分だということだよ」

その意味はよくわからなかった。たしかに、人間よりもウォーカロンの方が記憶が均質で、見たものも覚えたものも再生できる率が高い。しかし、人間でも機械的な補助によって簡単に実現できる能力だ。

測定システムが正常に稼働することが確認されたので、予定どおり、午後から子供たちの測定を行うことになった。学校へはマナミが連絡をした。ヴォッシュは僕に、あの場所へ行こう、と誘った。もちろん、聖地のことだとすぐにわかった。

昨日とは逆の経路で行くことにした。すなわち、地下の通路を奥へ進み、大広間を縦断して、さらに通路を進む。電動のシェルタを開けて、しばらく進んでから螺旋階段を上がる。少々息が切れる高さだが、慌《あわ》てずゆっくりと上った。一度外に出る。そこが神殿の裏庭になる。

すぐ近くに、高い塔がそびえ立っている。真上を見るように仰ぎ見なければならない。先端は見えない。セラミクスの外壁材が使われている。神殿の裏口から入って、エレベータで地下へ下りた。

「ここの本格的な調査も、始めることになります」僕は言った。「専門家が数名、スタッフを連れてやってきます」

「万が一、この中に、蘇生できる者がいたとしたら、どうする?」ヴォッシュはきいた。

「その可能性はゼロではない」

「もちろんです。マガタ博士は、五十体は再生が可能だと言いました」

「その再生とは、細胞レベルの話だろう。人間としての蘇生は?」

「それは、無理でしょう。少なくとも、人格は戻らないかと」

「つまり、脳細胞が元どおりにならない」

「そういうことです」

「生きているうちに冷凍されて、しかも、適切な保存状態であれば、可能性があるのでは?」

「厳しいでしょうね。こんな長期間、適切な条件が保持されたとは考えられません。なにしろ、古いプログラムと機器で管理されている環境です。当時、このような方法について完璧《かんぺき》なノウハウがあったとは思えませんし」

「しかし、マガタ博士は生きている。ノウハウがあったということではないかな」

「わかりません。正直に申し上げて、彼女が二百五十年も生きているとは、私は考えていません。信じられない、という意味ですが……」

「たぶん、君の方が正しいだろう」

「蘇生はできませんが、ここにいる人たちの細胞を生き返らせることはできます。その細胞からウォーカロンを育てることも可能です。本人の蘇生ではありませんが、ほぼ同じ人間になります。クローンと呼ばれていましたね、かつては」

「頭脳細胞の回路と状態をデータとして保存しておけば、それをもう一度インストールすることができる。そうなれば、ほぼ本人になるだろう」

「当時、そのような頭脳のトータルデータを取り出して保存する技術があったのでしょうか？」

「実験的なものなら幾つかあった。それも、マガタ博士ならば、おそらく、既に確立していたんじゃないかな」

「そうか……。そうなると、細胞を活かし、再びインテリジェンスをインストールすることで、彼女が今も生きている状態に限りなく近づけることはできそうですね」

「一般には無理だろうが、それができる立場にあった。技術において世界の頂点にあっただろうし、しかも、資金は無尽蔵《むじんぞう》に使えたはずだ」

「考えたのですが、ここが作られた時代には、まだ世界的な戦争のリスクがありましたよね。核兵器を多くの国が保有していました。ですから、ここに、世界中から集めた人たちを住まわせて、このエリアだけで自給自足できる環境を作り上げた。その基盤となるものがコバルト・ジェネレータです。つまり、ここはシェルタだった。全世界が滅びても、ここだけが生き残るという想定だったのではないでしょうか」

この一カ月、僕が考えてきたことをヴォッシュに打ち明けた。

「悲観的な見方かもしれませんが、マガタ博士くらいの天才なら、最悪の想定もしていたはずです。運良く、世界は大戦を免れ、核廃絶の方向へ向かいました。ここの役目は終わったかに見えたのです。ところが、人類は新たな災難に見舞われることになってしまった、というわけですね」

「ノアの方舟《はこぶね》か」ヴォッシュは呟いた。「たしかに、それはあるかもしれない。私が子供のときには、そんなことを語る年寄りがいたものだ」

「それから、もう一つ不思議なのは、何故、今この場に、マガタ博士が現れないのか、という点です」

「そう……、何故だろうね?」

「現れる必要がないということですね。私たちがすることに、もし問題があるなら、指導してくれるはずです。ここの使い道が間違っているなら、マニュアルをちゃんと読みなさい、とメッセージが届くはずなのです」

「つまり、今のところ、間違っていないということか」

「遺跡を発掘しなさい、というだけのことでしょうか?」

「私も一つ考えてきたことがある」ヴォッシュが指を一本立てた。「何故、君が選ばれたのか、ということだ。もしかして、君は、マガタ博士の子孫なのでは?」

「まさか……。それはありえません」僕は笑いながら首をふった。「ジョークですか?」

「二十五パーセント、ありえませんね」

「百パーセント、ありえません」

「まあ、まだ調査を始めていない。もの凄い宝物が、ここから出現するかもしれない。科学的な、という意味だが、もちろん、金貨の山でも、大いに嬉しいね」

「金貨だったら、私たちは選ばれていないと思いますよ。金貨の使い道にかけては、素人《しろうと》ですから」

「同感だ」

7

午後になって、ヴァウェンサという人物が現れた。ガワンが伝えてきたとおり、たった一人でやってきた。身分証明書を呈示して、自己紹介した。ウォーカロン・メーカが共同で設立した技術研究所の一級研究員という肩書きだった。

「君の出身は、ドイツかな?」ヴォッシュが尋ねた。

「私は、このチベットで生まれました。私はウォーカロンです」ヴァウェンサは明るい表情のまま答えた。「ドイツには、まだ行ったことがありません」

年齢は二十代に見える。ドイツ系の白人、金髪にブラウンの瞳《ひとみ》、唇《くちびる》が薄く、鬚もない。女性的に見える。長身だが、手足が長く、痩《や》せている。力は強そうではない。

「スポーツは得意ですか?」と僕は質問した。

「いいえ。経験がありません。ですから、得意かどうか不明です。面白い質問ですね。なにか、この測定システムと関係がありますか?」

頭脳明晰《めいせき》であることはまちがいない、というのが僕の第一印象だった。彼は、ジーンズに半袖《はんそで》のTシャツという極めてラフな服装だった。武装していないことを強調する意図があったのかもしれない。そのTシャツには、WHITEのロゴとマークが入っている。しかも、色違いで十人分のTシャツを土産《みやげ》として持ってきた。不思議な文化だな、と僕は感じたが、どことなく懐《なつ》かしさもある。もらったTシャツは、素直に嬉しかった。明日はこれを着てこようと思ったほどだった。

ヴォッシュは、部屋で休むと言って帰っていった。僕は、ヴァウェンサに測定器の説明を始めたのだが、彼が自分を測定してほしい、と言ったので、すぐにその準備にかかった。たしかに、被験者として体験するのが最も理解が早いだろう。

五分間の測定が終わり、十一パーセントという結果が出た。彼が八十九パーセントの確率でウォーカロンであるという意味だ。

「八十九パーセントというのは、比較的低い数字です」僕は彼に言った。「君の年齢が若いことが最も影響している。若いほどデータが不足気味で、精度が低くなるからです。でも、このナクチュには、若い人も子供も多いから、測定データが収集できれば、精度を数パーセントは上げられるはずです」

「素晴らしいですね」ヴァウェンサは爽《さわ》やかに微笑んだ。本当に好青年に見える。

ロボットがお茶を持ってきたので、僕とマナミとヴァウェンサでティータイムになった。まだ午後二時だ。あと三十分で子供たちが学校からこちらへやってくるので、三時には休めないだろうから、ということである。

ヴァウェンサは、マナミにも幾つか基本的な質問をした。彼女に答えられるような手順的な問いばかりだった。技術的、学術的な質問になると、僕の方へ顔を向ける。非常に洗練された会話をする。メーカが送り込んできただけのことはある。

研究歴について尋ねてみると、教育もメーカ内で受け、五年まえから現在の職についている、最初の二年は見習いだったが、今は研究室も独立し、自由に開発・研究に携わっている、と話した。

「それは、前途有望だね」僕はお世辞を言った。「研究テーマは、どんな方面? 言えたらで良いけれど」

「いろいろありますが、ソフト的なものでは、やはりウォーカロンの社会的な地位向上に役立つような社会学的、あるいは教育的な分野です。ハードでは、そのために必要なウォーカロンの機能開発です。どちらも連係して進めています」

「地位向上ね。うん、法律的には達成されているけれど、なかなか実際には難しいかもしれない。主に、壁を作っているのは人間の方だ。つまり、そちら側ではなく、こちら側の問題といえる。具体的に、どうすれば良いと思う?」

「地道にですが、正確な知識を広めて、信頼を得ていくしかないと思います。私たちの行動の結果が、それに結びついているのですから、気をつけて進む必要があります」

「どうやって気をつけるの?」僕は尋ねた。

「いろいろな方法があります。教育、あるいはポスト・インストール」

ポスト・インストールというのは、ある程度成長した頭脳への書き込み、つまりプログラムのことだ。人間にはできないが、ウォーカロンにはこれができる。

「人間にも、それができると良いけれどね」と僕が言うと、

「人間には、技術的にはできますが、ポスト・インストールは禁じられています」と彼は答えた。

僕は数秒間黙ってしまった。人間にポスト・インストールが可能であることは、一般にはあまり知られていない。恐ろしい技術として、過去に問題になった。頭脳損傷の報告もあって危険が大きく、人権侵害になるとして、世界的に禁止された。既に五十年ほどになるだろうか。

それが、ウォーカロンでは今でもごく普通に行われているのだ。ようするに、新しい秩序というか規則のようなものを直接頭に書き入れる。それによって、行動や思考が抑制される。

たとえば、犯罪を犯さないように人間をポスト・インストールすることが、科学的には可能だ。もともと、そのために研究されていた技術でもある。しかし、人間は、それを実

施することを認めなかった。自らの頭脳にプログラムを入れる不自然さを、生理的に嫌った結果だろう。それは、少なからず感情的な判断だ。

ただ、目の前の爽やかな若者が、なんの躊躇《ちゅうちょ》もなくそれを口にしたのには、やはり多少の違和感を抱かずにはいられなかった。

第2章　月下の営み　Sublunary working

ベイカーの整形病院は煉瓦造りの円形三階建で、かつては郊外軌道の古い駅の建物だった。トレントン・ロケット発着港のそばにあり、後部の窓からは反重力光線を照射しているピットの口が見えた。ベイカーの患者は、宇宙船が光線に乗って静かに上下し、舷窓を光らせ、セント・エルモの灯のような認識信号を点滅し、巨大な船体がびりびり震動するのを見て、うれしがっていた。

1

子供たちの測定は順調に行われた。初日には十人の男女の子供が、学校の先生に引率されてやってきた。年齢は、八歳から十一歳の範囲だった。測定器二台を使って実施され、一時間ほどで終了した。測定システムでは、七十八パーセントから八十五パーセントの範囲で人間と判定される結果が得られた。パーセンテージが比較的低くなるのは、測定システム側の問題であって、子供たちに疑惑があるわけではない。つまり、そもそも、低年齢のデータが不足しているので、同定のパラメータに若干《じゃっかん》の誤差が混入しているためである。今回の測定結果を踏まえて、パラメータの修正をすれば、この領域での精度が上がる可能性が高い。

また、その翌日には、日本からのチームが到着した。彼らは、ラサ空港まで航空機、そのあとは陸路、大型のバスで到着した。情報局が人選した専門家が三名、その助手が同じく三名、さらには作業をサポートするロボットが二機という構成だった。チームのリーダはシマモトという医学専攻の教授で、この人物を僕は個人的に知っている。実は、大学時代の同期なのだ。卒業以来、会ったことは同窓会で二度しかない。どちらも、あまり人づき合いの良い方ではないのは確かだ。ただ、馬が合う人物ではある。向こうがどう思っているかは知らないが。

この六名のチームは、遺跡発掘隊と呼ばれていた。実際に一人は考古学者で、近代考古学が専門だという。この考古学者だけが女性で、あとの五人は男性だった。

到着したその日から、チームは聖地に入り、最初は測量や撮影を行っていた。彼らは、以前に僕たちが泊まったホテルに滞在することになっている。当初の予定は一週間。そこで一度帰国し、第二陣の計画を立てることになっているらしい。そちらの方がメインのプロジェクトであり、彼らはその先陣という位置づけだ。

僕は、シマモトのチームが到着し、最初に神殿の地下へ入ったときに同行した。ツェリンも一緒で、彼らの案内役をすることになっていたようだ。

「この一週間で、何をするの？」僕はシマモトに尋ねた。

「現状を損なわない範囲で、遺体の確認、ここの設備や器機の確認、あとは、資料的なものが残っていないか捜索《そこ》」事務的な口調だった。この男はもともとはスポーツマンだったが、今は恰幅《かっぷく》が良く、僕よりも三十キロは重いだろう。体重も体格も、簡単に直せるのに、それをしないのは、自分で気に入っているからとしか思えない。

「細胞のサンプルを取るわけ？」

「そう」シマモトは頷いた。「ＤＮＡは当然調べる。しかし、百年以上まえになると、全人類のデータが記録されていたわけではないから、特定ができない可能性もある」

「その……、あれを解凍するわけ？」

「今回はまだそこまでは無理だね。あの装置がどこまでコントローラブルかを確かめる必要があるし」

「冷凍したままで、死因とか、特定できるの？」

「できる、たいていはね」

「蘇生できる可能性は？」

「ゼロではないけれど、まず無理だろうね。生き返ったとしても、別人になっているよ。脳細胞は復元できない。これまでに、あちらこちらでこの種の事例がある。それらのデータを調べたけれど、ほとんどは数十年といったオーダで解凍されている。かなり昔の話だ。今は、だって、もうそんな必要がなくなったからね」

「その事例っていうのは、死体を冷凍したもの？　それとも、生きたまま？」

「半々だね。でも、残念ながら蘇生した例はない。意識が回復したという意味でね。もちろん、心臓が動くとか、呼吸を再開するといったレベルならば報告がある。生きて眠ったつもりでも、そのままでは起きられなかった、というわけだ」

だいたい、僕が認識していたとおりだ。

「でも、なにか、その、新しいというか、特別な技術が使われている可能性だってあるよね」

「そう。一番注目されているのは、ようするに、そこ」シマモトは目を細め、細かく何度も頷く仕草《しぐさ》を見せる。「ジェネレータと同時代、つまり約百五十年まえに始まったとすると、この種のものとしては、新しくも古くもない。ただ、全自動のようだし、ほかの事例よりもずっと技術的にレベルが高いように見える。それから、公開されていないものだったという点、あと、マガタ・シキ博士に関連があるらしいという点。とにかく、不確定要素が多いけれど、期待は相当大きいね。なにか重大な発見があるかもしれない」

「人類的な発見かもしれない」

「そこまでは期待していないけれど、歴史が塗り変わる可能性はある」

「何の歴史が？」僕はきいた。

しかし、シマモトは、スタッフに呼ばれて、向こうへ行ってしまった。歴史が塗り変わるというのは、意味がよくわからない。過去に遡《さかのぼ》って認識が改まるというのか。おそらく、マスコミ向けの表現を考えているのだろう。そういうことで頭がいっぱいなのかもしれない。

シマモトは、またこちらへ戻ってきた。なにか言いたいことがあるようだ。スタッフたちが作業をしている場所から、少し離れた場所へ移動した。

「この塔に上ったか?」彼はきいた。

「いや。上っていない。高いところは苦手なんだ」

「単なる展望台だと思っていたが、小型の航空機が発着できる設計になっている。床が二重でスーパ・トラス構造のようだ。周囲の壁に隠れていて見えないが、放射線測定で見つかった」

「へえ……。でも、ヘリポートなら、珍しくはないと思うけれど」

「あと、レーザ通信のアンテナがある」

「アンテナ? 光を飛ばすための?」

「送受信できる。何に使われていたのか、配線を調べるつもりだ」

「アンテナって、レーザだと指向性があるよね。どちらを向いている?」

「北」シマモトは指をさした。

「正確に北？」

「だいたい北」

「どこが相手だろう？」

「ちょうど、ウォーカロン・メーカの工場がある方角だ」

「どれくらい届くのかな。地上波だよね」

「標高によるね。中継の設備があれば、いくらでも飛ぶ」

「ふうん。なにかわかったら、また教えて」

「オッケイ」

それから、平和な三日が過ぎた。シマモトは、一度も連絡してこなかった。なにもわかっていない、ということかもしれない。

子供たちが十人ずつ毎日やってきて、順調に測定を行うことができた。もうマナミも余裕が出て、リラックスした笑顔で子供に接している。彼女は、子供の気を引くために、おもちゃや絵本を持ってきていたのだが、まったくそんなものは必要なかった。どの子も礼儀正しく、泣き叫んだり、走り回ったり、むやみに計器に触ったり、といった挙動は見せなかった。

「こんなに大人《おとな》しいものだとは思っていませんでした。もっと無秩序な子供が、ある程度の割合でいるものと想像していたのですが」とは、マナミの発言である。

一方、シマモトのチームによる聖地の発掘作業も、トラブルもなく順調に進んでいるようだった。毎日、作業の様子を見にいったが、彼らの主な仕事は、建築物の構造図、設備や器機の配管図および配線図を作成することで、冷凍死体に対する資料採取は、ほんの数例しか行われていない。それも試験的なサンプルのようだ。それらの分析結果は既に出ていて、最初の一人は、黒人と白人のハーフで、おそらくはアメリカかヨーロッパの人間だろう、といった予測だった。この遺体は男性で、年齢は三十代か四十代と推定された。彼が第一号のサンプルになったのは、たまたま、最初に僕たちが開けたハッチだったからで、特別な理由はない。簡単な弾性波検査によれば、進行性の癌《がん》細胞が各所に認められ、これが死亡原因だろうと推測された。もちろん、詳細な検査ではない。外傷は認められないが、別の死因の可能性もある。

ヴァウェンサが、一旦《いったん》帰ると言いにきた。彼は、ここのホテルに宿泊しているはずだ。理由を尋ねると、週末だから、とのことだった。

「そうか、週末なんだ」と思わず呟いてしまった。明日は土曜日である。

「日本にも、まだ週末の制度はあると聞いています」彼は言った。

「あるよ。ほとんどの企業は金曜日も休みだね」

「もしよろしければ、私の自宅へいらっしゃいませんか？　歓迎をします」ヴァウェンサが言った。

この申し出には、正直なところ、びっくりした。ガワンは、ホワイトの要求を受け入れるかわりに、ウォーカロン・メーカ内の見学を条件にしたそうだが、その話はまだ正式に決まっていない。

「え、どんな歓迎なのかな？」と僕が尋ねると、

「私は、料理をするのが趣味です。美味しいご馳走《ちそう》を召し上がってもらえると思います」

とヴァウェンサは答えた。

「君の家は、どこにあるの？」

「ホワイトの研究所の社宅です」

「ここから、どれくらい？」

「コミュータで二時間ほどです」

「二時間か……」

こんな話ができるほど、数日間のうちに僕と彼は、ほんの少しだが打ち解けていたのだ。測定のことでいろいろ質問をしてくるし、その質問がどれも鋭いものだったので、資料を調べ直したりすることもあった。これは面倒というよりも、僕にとっては知的興奮であって、面白《おもしろ》かったのである。それに、彼がこの分野でそれなりのレベルにあることも理解できた。だから、僕の方からも、彼の研究について幾つか質問をした。すると、彼は自分の研究結果を惜《お》しげもなく見せてくれた。論文になる以前のものらしい。ウォーカロン

の頭脳回路のインストール技術に関するものがほとんどで、今まで出会ったことのある知識よりも、一歩も二歩もさきへ進んでいることは一目瞭然《いちもくりょうぜん》だった。

「何故、これを発表しないの？」と尋ねると、

「それは、会社の許可が下りないからです」

「発表に反対されたわけ？」

「いいえ、そうではありません。自主的に非公開にしている、ということだと思います。個人の業績を挙げるために、私は給料をもらっているわけではありませんので、会社の方針には従っています」

「うん、まあそうだけれど、しかし、発表をすれば、それに対して世界中の研究者が反応してくれる。そこで、間違いが見つかったり、新しい課題が発見されたり、個人の発想を超えたチャンスがあると思うんだけれど」

「マイナな分野です。このテーマの研究をしているのは、ほとんどがウォーカロン・メーカの人間です」

「そうかもしれないね。企業内とか、企業連合とかで、研究情報を交換するような機会があるのかな？」

「それは、もちろんあります。この結果も、一部ですが、内部ではホワイトの委員会で発表しました」

「なるほど、それで事足りてしまうわけだね」

自宅への招待については、個人的にはすぐにイエスの返事をしたかったが、もちろんウグイに相談する必要があると思ったので、ヴァウェンサには少し待ってもらった。パーティションから出ていくと、ウグイとアネバネが二人とも揃《そろ》っていた。こちらを見たので、外へ出よう、と指で示した。

スロープを上っていき、屋外《おくがい》に出た。日は西の空にある。澄み渡った高い青空だった。ウグイたちに、ヴァウェンサに招待された話をした。僕の意見を交えず、客観的な報告をした。

「平和な提案ですね」ウグイは言った。「お断りになったのですか？」

「いや、それで相談しようと思って……」

「相談というのは？」ウグイが首を傾げる。「私にですか？」

「そうだよ。私としては、行ってみても良いかな、と思ったわけで……」

「本気でおっしゃっているのですか？」

「冗談のつもりではない」

ウグイは溜息を漏らした。アネバネはまったく表情を変えない。

「局長の許可が必要な事案だと思われます」ウグイは早口で言った。「絶対に許可は下りないと思いますけれど、いちおう、問い合わせてみます」

「いや、勤務時間外だし、職務とは無関係じゃないかな」

「そんな理屈は通りません」

「では、その、君の持っている、通る理屈というのを聞かせてくれないか」僕はウグイを睨んだ。

「一カ月まえのことをお忘れになったのですか？　敵は私たちに銃を向けたのです。それを止めたのが先生です。なんらかの恨みを持っていてもおかしくありません。先生の命を狙《ねら》っているのは確実です。ただ、こんな単純な罠《わな》に引っ掛かるとは考えていないかもしれませんけれど」

「そんなところへ、のこのこと出ていくなんて正気の沙汰《さた》とは思えない」僕は言った。

「そのとおりです」ウグイは頷く。

「しかし、君の理屈は、証明されていない仮説の上に築かれている。敵がウォーカロン・メーカであるということは、まだ実証されていない。そう推定されているだけだ。一カ月が経過しても、まだクーデターの首謀者は明らかになっていない」

「その推定は、日本政府も、情報局もほぼ確かなものと認識しています。ほかに有力な可能性がないからです」

「ほかの可能性が思いつけないからといって、思いつけるものから解を選ぶのは、消去法の成立条件として不備がある」

「しかし……」

「ヴァウェンサには、私を殺す機会があったはずだ。君たちよりも私に近い位置にいたことが何度もあった。たった今だってそうだった。何故実行しない？」

「そんなことをしたら、クーデターとウォーカロン・メーカを結びつけることになるからです」

「だったら、彼の家に行っても、私は殺されないだろう？」

「殺されないかもしれませんが、たとえば、囚《とら》われる可能性があります」

「同じだ。今は、手を出しにくいだろう。政府がクーデターの調査をしているのだから、メーカとしても動けないはず。そうじゃないかな？」

「だからといって……」

「のこのこと出ていくのは、いかがかと」僕は言った。

「そのとおりです。のこのことは言いませんが」

「え、そうなの？」

「そんな古風な表現は知りません」

「知っているじゃないか。知らないなら、古風だってどうしてわかる？」

「知らないから、古風だと推測しただけです」

僕は溜息をついた。アネバネの方へ視線を移す。彼はこちらをじっと見ている。なにか言いたそうに見えたが、おそらく僕の希望的な錯覚だろう。にやりとでもしてくれたら、どれだけ心が休まるか知れない。

「では……、これから、彼の家に行くとして、君たちはどうする？　ついてくるか、それとも、そんな勝手な人間の護衛はご免だ、と考えるか」

「どうしてもとおっしゃるのでしたら、もちろんついていきます」ウグイはそう言ってから、アネバネを見た。「私の個人的な行動です。アネバネは、ここにいる。職務を全《まっと》うするように」

アネバネは無言で頷いた。にこりともしなかった。ウグイは、アネバネに目で合図をして、地下へ戻るように指示した。

彼女は腕組みをしている。もたれかかる壁がないので、真《ま》っ直《す》ぐに立っている。しばらく、僕をなかなか見なかった。

「では、二人で行くことにしよう」僕は言った。「大丈夫だ、きっと」

「きっと」ウグイは僕の言葉を繰り返した。

「万が一、その……、危険な目に遭った場合は、恨まないでほしい」

「恨まないでほしい」ウグイはまた、言葉を反復した。

「この際だから、言うけれど、ついてこないという選択もあるんだよ。君がその選択をしても、誰も責めないだろう。なんなら、私が、来るなと命じたことにしても良い。命令書を残しておこうか？　あ、そうか、もう録音しているね？」

「しています。でも、無駄です」

「無駄って、何が？」

「命令されても、無駄です」

「どうして？」

「勤務時間外ですから」

2

ヴァウェンサのコミュータに三人が乗った。シートに向かい合って、ヴァウェンサが前で、後ろに僕とウグイである。僕たちの方が、コミュータの進行方向を向いている。窓はないが、全面がモニタで外部の様子を映している。夕暮れの出発だったが、青から赤、そして黒へと変化する天空のパノラマを堪能できた。もっとも、実際の映像だという保証はない。なんとなく、満月がわざとらしく感じた。でも、僕はそれを尋ねなかった。

二時間のドライブの間、もっぱら研究上の話をした。ヴァウェンサは、とても熱心で、専門的な疑問を幾つかぶつけてくる。半分は答えられたが、半分はこれまでに疑いもしなかった観点で、僕にとっても有意義な知見が多かった。珍しいことだが、彼と一緒に研究をしたいと思ったほどだ。有能なスタッフが身近にいると、こんな効果が生じるのか、と改めて感じた。もちろん、ネットを通じて多くの研究者と情報交換をすることはあるが、気軽に質問をぶつけられるわけではない。迷惑にならないか、とつい及び腰になるだろう。目の前に相手がいて、時間とスペースを共有している状況とは、やはり特別で貴重な環境なのだ。話に区切りがついたときに、そのことを僕は言葉にした。すると、

「もっと密接なネットワークを用いれば、同じ環境になります」とヴァウェンサは言う。つまり、AR《人工現実》のことだろう。「頭脳に直接電気信号を送り込むことで、以前よりももっと現実体験に近いものにできます」

「それは、でも、日本では違法になる」僕は言った。「麻薬系の化学処理と同じ効果があって、現在のところは危険性が明確に排除できないから、規制するしかないのだけれど」

「はい。そのとおりです。でも、私たちは日常的に使っています」

「へえ……、そうなんだ。ウォーカロンどうしで？」

「そうです。ウォーカロンの場合は、おそらく日本でも違法になりません。回路と信号系が明確に示せるからです。実は、正直に申し上げると、明確というのは言い過ぎで、比較的測定がしやすいというだけです。測定がしやすいのは当たり前で、その周波数、その信号系列で、もともとインストールされているからです。つまり、後天的な差といえます」

「人間の場合でも、頭蓋骨《ずがいこつ》に端子をつければ可能だね。嫌がる人が多いとは思うけれど」

「そういったことも、次第に時代が変わってくるのではないでしょうか？」

「私もそう思っていた」僕は頷いた。「でもね、やはり、新しい世代が出てこないという今の状況が、その種の観念を固定化させている。文化の停滞を招いていると思う。かつては、既存の文化に若者は反発した。私は、もうその体験をしていない世代だけれど、そういう話を何度も聞いた。若者は、タブーを破っていく勢いを持っていて、それが人類を変化させたんだ。固定観念を打ち破ったり、既成の約束事に囚われない新しさを生み出していた。現代にもし人間の若者がいたら、きっと頭にソケットやアンテナを付けるファッションが流行《はや》っているだろうね」

「ウォーカロンには、若者がいます」

「うん、そうだね。人間社会に、もっと若者として入り込んできてほしいと思うよ」

「でも、ウォーカロンの若者が、先生がおっしゃるように、既存の文化に反発したら、きっと許されないでしょう。そうなると思います」

「そうだね。それは……、そのとおりかもしれない。君たちは、そう教育されているんだね？」

「はい」彼は頷いた。少し寂《さび》しげな表情を見せた。

彼らには、若者らしい行動が許されていない、ということだ。模範的な優等生でなければならない。そうでないと、社会の大きな抵抗に遭う。社会から抹殺されてしまうかもしれない。その危機感があるのだろう。難しい問題だな、と思ったが、あまり考えたことがない方面で、自分には解決できそうにない、と感じるしかなかった。

道路は新しく、ほとんど真っ直ぐだった。途中で交差点もなく、信号もない。新しい乗り物しか往来しないため、信号が必要ないのだ。

日が完全に沈んだ頃に、緩やかな下り坂になり、トンネルに入った。ここから先が、ウォーカロン・メーカの敷地だという。トンネルの入口付近には、公園が造られていて、そこだけ森林がライトアップされていた。そこまでずっと周囲には樹木がなかったので、まるでオアシスのような雰囲気《ふんいき》だった。当然ながら、人工の樹《き》だろう。

トンネルの先にゲートがあったが、近づくとそれが両側にスライドして開いた。こちらを感知しているらしい。

十分ほど走ったところで、交差点があり、そこを左折した。もちろん、地下に造られた交差点だ。

さらに進んだところに、明るいスペースが見えてきて、駐車場のようだった。車が数十台並んでいる。その空いたスペースに僕たちのコミュータは入り、滑《なめ》らかに停車した。

車から降り、歩道を歩く。地面に緑があり、下を向いていると地上にいるように錯覚できるが、上にはコンクリートの天井があり、ところどころに立つ太い柱がそれを支えている。古風な造形のゲートを通り抜けると、窓の明かりが幾つか見えてきた。そこが宿舎だ、とヴァウェンサが説明した。

照明が灯《とも》っていない窓が一つあった。その横のドアに近づき、彼がノブに触れると、窓が明るくなった。

ワンルームの広い部屋だった。奥には床に座るタイプのテーブルがあり、大きな窓の外に人工の庭がある。その先には、月が出た夜空が見えたが、もちろん、実物ではない。ここは地下なのだ。ヴァウェンサの話では、地下六十メートルだという。

キッチンは入口に近い場所にあって、彼がそこで料理を始めた。手伝わなくても良いかと尋ねると、その必要はない、とのこと。僕とウグイは、窓際のテーブルで、両側に置かれていたクッションに座った。テーブルのモニタで、この近辺の案内図を見ることにした。勝手に操作しても良い、とヴァウェンサが言ったからだ。

ここの地下の配置図があって、それをウグイが興味深く見ていた。おそらく、映像を記録したのだろう。彼女の目にはそれができる装備があるはずだ。一段上のフロアには、幾つかの大きな施設がブロックごとに表示された。さらにその上が工場のようだ。この「工場」というのは、そう配置図に書かれていたのだが、おそらく、ウォーカロンの製造を行っている場所だろう。

倍率を変えて、広い範囲を表示させると、ここ以外にも工場がある。そちらは、詳しい配置が表示できない。つまり、別の企業ということだ。見たところ、すべてが地下にある。スケールを調べてみると、長い方向で三キロメートルほどの範囲になる。その広さに建造物が集まっている。

これらの地図は、もちろん外部には公開されていないものだ。部外者に見せても良いものなのだろうか。それをヴァウェンサに尋ねると、

「公開しないで下さいね」と簡単な返事である。

ヴァウェンサを受け入れる交換条件として、このホワイトの見学をする取引があって、話が進んでいるはずだ。今こうして、内部に入れてもらえたのも、その一環かもしれない。おそらく、そうなのだろう、と最初から僕は考えていた。だからこそ、身の危険はないと判断したのである。人間というのは、自分の身の回りだけではなく、もっと広い範囲の力関係を把握《はあく》して、危険性を察知することができる、とウグイに話したかったのだが、あまり説教じみたことも言いたくないので、黙っていることにした。

料理をしながらも、ヴァウェンサはいろいろ話してくれた。彼は、HIXというメーカに勤めていて、もちろん、彼は自社で生まれたのだ。HIXは、世界第二のウォーカロン・メーカで、発祥はドイツ。ホワイトの二文字めのHが、HIXから取られている。従業員の数は現在は約一万人で、そのうち九割がウォーカロンだという。ここの工場と研究所には、五百人が勤務している。五百人のうち、四百六十人が研究所の配属で、工場を取

り仕切っているのはわずかに四十人ということだった。この割合は、HIX全体でもほぼ同じだそうだ。また、ホワイトの共同研究所には、このうちの二割が出向している。この共同研究所の人員は三百人程度だという。いずれにしても、大規模であることはまちがいない。

研究員の人間とウォーカロンの比率は、という質問をしようと思っていたら、それは彼の方から語ってくれた。その比率については不明であって、研究所では両者の区別がない、ということらしい。では、トップもそうなのだろうか、と僕は疑問を持ったけれど、それもおそらく不明のままなのだろう。

これは、ある意味で先進的な姿勢だが、もちろん、自社製品に対する自負でもあるだろう。僕自身は、研究者にウォーカロンは少ないのではないか、との印象を持っていたのだが、それは基礎研究分野の話であって、開発研究においては当てはまらないのかもしれない。

僕の個人的かつ大雑把《おおざっぱ》な印象では、ウォーカロンの方が緻密《ちみつ》で集中力があり、おそらくは思考力にも優れている。一方、人間の方が発想力があり、インスピレーションに長《た》けている。これは、思考が集中せず、その散漫さから生まれる発想がある、ということだ。別のことを連想してしまうから新しい発想が生まれる、と言い換えることもできるだろう。だが、それを科学的に説明する理論は、現在のところない。何故それが説明できないのか、僕は非常に不思議に感じている。自分の研究もこれに近いエリアなので、よく考えるテーマではあるのだが。

ヴァウェンサは、最初にボウルに入ったサラダをテーブルに運んできた。これから揚げ物を作るから、これを摘《つま》んで待っていて下さい、と言った。そして、炭酸の飲みものを出した。アルコールは残念ながら置いていない、と申し訳なさそうに言ったが、僕はもともと飲むつもりはなかったので、その方が都合が良い、と応えた。

サラダは、ごく普通の味で、特に変わっているわけではない。でも、手際が良いことはわかった。日頃から料理をしているのは明らかだ。珍しく、ウグイがさきに手を出して、野菜を口に入れた。ドレッシングがスパイシィだと彼女はヴァウェンサに言った。もしかしたら、毒味をしたつもりかもしれない。

次に、パスタとスープのようなものが来て、これはスープをかけて食べて下さい、と彼は説明し、すぐにキッチンに戻っていった。油で揚げている音が続いている。

このパスタも美味しかった。食べているうちに、最後のディッシュをヴァウェンサが運んできた。肉を揚げたもののようだった。

3

料理を食べながら、とりとめもない話をした。ウグイは、聞いていることが多かったが、ときどきヴァウェンサが彼女に直接話を振るので、しかたなく短く返事をする。それがまた僕には面白く、すべてが可笑《おか》しかったのだが、あまり笑ってばかりでは失礼になると感じて、できるだけ笑わないように堪《こら》えていた。それでも、笑ってしまい、ウグイに睨まれるのである。

満腹になって、話も一段落したので、思い切ってクーデターのことをヴァウェンサにきいてみた。ニュースを聞いてどう思ったのか、という尋ね方をした。

「あんな恐ろしいことが近くで起こっていたと知って、とても驚きました」彼は、眉を顰めてそう答えた。「それに比べて、自分たちは平和だな、とも思いました」

「クーデターの首謀者については？」と次の質問を僕は発した。ウグイの顔を見ると、こちらに眼差《まなざ》しを返してくる。そんな話をするな、という顔にも見えるが、そもそも、彼女はいつもその顔なのだ。

「政治のことは、私にはまったくわかりません」彼は首をふった。「ただ、ネットに流れている噂《うわさ》は知っています。ホワイトが関係している、裏から手を回している、という無責任な情報です。しかし、どうしてそんな噂が立つのかわかりません。私たちの会社にとって、いったいどんなメリットがあるというのでしょうか？」

「そうだね。私もそう思う」僕は頷いてみせた。

「これは、あまり言葉にしたくないことですが……」ヴァウェンサはそこで一呼吸置いた。迷っているようだ。まるで人間のように。「人間は、被害妄想を持っているのではないでしょうか」

「そう」僕は頷く。「そのとおりだと思う。しかし、だからといって、それを払拭《ふっしょく》しようと行動しても、たぶん上手くいかないだろうね。逆効果になる」

「ええ、わかっています。時間をかけるしかないでしょう」

「少なくとも、クーデターの首謀者は、ウォーカロンではない」僕は思っていることを話した。「ただ、戦闘をしたのは、ほぼ全員がウォーカロンだった。特に、旧式のものが使われた。本当に戦うなら、あんな方法ではなく、もっと効果的な攻撃があったはずだ。どうも、簡単ではない力の鬩《せめ》ぎ合いがあるように見受けられる」

「たぶん、経済的な観点から、私たちのグループが疑われるのです。この国は比較的貧しい。その中で経済力は、ここの企業に集中しています。政治が金で動くと人々は考えていて、その政治の駆け引きで、暴力的な勢力が小競り合いをし、あるいは威嚇《いかく》をし、力を誇示すると考えているのです。しかし、その発想が既に何十年もまえのものだと、私には思えます」

「しかたがないよ。今生きている人間は、ほとんど何十年もまえの世代なんだ。私も含めてね。君のように自由に考えられる若者はもういない。そこを理解してほしい」

「そうですね。たしかに、そうかもしれません。ありがとうございます」

「え、何が？」ヴァウェンサがお辞儀をしたが、何に感謝されたのかわからなかった。

「ハギリ先生がおっしゃった今のお言葉は、自分にとって有益だと感じました。今日、ここへお招きできたことは幸運でした」

自分は何を言ったのかな、と振り返った。人類は年寄りばかりになった、というだけのことだ。ウォーカロンとの最も大きな差は、今やそこにあると言っても過言ではないだろう。

九時半に、ヴァウェンサの家を出た。彼は、泊まっていってくれ、と言った。宿泊できる部屋が、宿舎の中にあるそうだ。しかし、それは断った。僕とウグイは、ヴァウェンサのコミュータで送ってもらうことになった。

コミュータにウグイと二人で乗った。シートで向き合っている状態だ。すぐにスタートして、地下の道路を進み始めた。

「来て良かったじゃないか」とウグイに言うと、

「まだわかりません」とそっけない。

ゲートは自動的に開き、無事に外に出られそうだった。トンネルの出口が近づいてきたとき、ウグイは顳顬《こめかみ》に指を当てた。なにか連絡が入ったようだ。

「車を止めて」とウグイは言った。

その声でコミュータは減速し、道の脇《わき》に寄って停車した。

「どうしたの？」僕はきいた。

「もうすぐ、こちらへアネバネが来ます」ウグイは言った。

「え、どうして？」

「わかりません。トンネルから出ないように、と伝えてきました」

トンネルの出口はすぐそこに見えている。その外側がライトアップされているのも見える。距離にして三百メートルほど先だった。

コミュータが見せる映像では遠くが見にくい。自分のメガネならば倍率が上げられるから、僕とウグイは車外に出てそちらを見た。トンネルの出口の先にコミュータが停止していたが、光とともにそれが爆発した。音が僅かに遅れて届く。

ウグイがそちらへ走っていく。僕も彼女のあとを追った。

出口まで来たときには、もう息が上がって走れなくなったが、ウグイもそこで立ち止まった。まだぎりぎりトンネルの中だ。

離れたところに、飛んでいるものが見えた。二機だ。月が明るいのでそれがよく見える。ときどき、断続的に光を発しているようだった。距離がよくわからないので、大きさも把握できないが、有人のものではないだろう。

そのうち一機が高い炸裂《さくれつ》音のあと、バランスを崩し、回転して落下していった。それが落ちる鈍い音が聞こえる。もう一機は、また光を放つ。どこかを攻撃しているようだ。地上からもそちらへ届く光の筋が見えた。幾つか破裂音のようなものが聞こえたあと、そのドローンも空中分解して落下した。

地上では、コミュータがまだ燃えている。プラスティックに火がついたようだ。岩の陰から人が現れ、こちらへ走ってくる。二人だった。あっという間に僕たちの前まできた。一人はアネバネで、長い武器を背負っていた。もう一人は、ヴォッシュ博士の助手ペィシェンスだった。

「しばらくまえから追尾されていましたが、そこでもう一機が加わって、突然撃ってきました。威嚇だったかもしれません。車から降りて撃ち返したら、車を破壊されました。警告もなし。二機を撃墜。二機以外にいたかどうかは未確認です」アネバネが報告した。

「どうして、こちらへ?」と僕が尋ねたが、答えたのはウグイだった。

「私が命じました。少し離れてついてくるようにと」

「こちらの公園の駐車場でしばらく待っていたのですが、閉園時間になったので、道路へ出て、そのあと、その辺りを偵察していました」アネバネが指をさす。

「道があるの？」僕はきいた。

「この先には道はありません。草原です」アネバネが答える。

「たぶん、私有地に侵入したからじゃないかな」僕は言った。「どこかに看板でも立っているんじゃない？」

「たとえそうであっても、警告なしに撃ってくるのはいきすぎだと思われます」ウグイが言った。

「パティは、どうして来たの？」僕はペィシェンスに尋ねた。

「ヴォッシュ博士に指示されたからです」彼女は答える。「なにかのお役に立つのではないかと」

「そう……、それはそれは」僕は微笑んだ。たぶん、彼女には僕の気持ちが伝わらなかっただろう。

「どうしますか？」ウグイが僕を見つめて言った。「あのコミュータで戻りますか？」

「四人乗りだから、ちょうど良いね」僕は頷く。

四人で、トンネルの中へ歩いた。トンネルの道路は、まったく車両の行き来がない。これは週末だからか、時間外だからか、のいずれかだろう。

「大丈夫でしょうか。また、襲ってくる可能性はあります」ウグイが言った。

「じゃあ、どうする？　ヴァウェンサに連絡して、泊めてもらう？」

「いいえ、帰った方が良いと思います。武器はあります」

どんな武器があるのかは尋ねなかった。アネバネは対空砲を背負っているみたいだし、ウグイも常日頃から躰《からだ》のどこかに隠し持っていることは承知の上だ。

アネバネは、既にツェリンに連絡をしていて、警察がこちらへ向かっていると話した。であれば、しばらくここで待っている手もある。無理に出ていかない方が良いかな、とも考えた。コミュータまで戻っても、まだ迷っていた。

4

コミュータが小さな音を発していた。車内を覗《のぞ》くと、モニタにヴァウェンサの顔が現れる。

「なにかトラブルがあったようですね」彼は言った。

「そう、迎えにきてくれた助手が、ドローンから攻撃されました」僕は素直に話した。

「私のところへ、たった今、所長から連絡がありました。危険なので、一度戻られた方が良いと思います」

「警察を呼んだみたいで、ここで来るのを待とうか、と話していたのだけれど」

「所長が、ハギリ博士にお会いしたいと言っています。いかがでしょうか？」

「こんな時刻に?」

「もしよろしければ、ということですが……」

所長と彼は言った。研究所の所長ということだろうか。ウグイの顔を見る。彼女は黙っていた。反対ではないようだ。

コミュータに乗って、トンネルを奥へ引き返すことになった。アネバネとペィシェンスも一緒だ。

「私たちを引き止めるための攻撃だったかもしれません」ウグイが言った。

「少なくとも、殺そうとしたわけではない」僕は言う。

アネバネたちへの攻撃も、最初は威嚇射撃で、狙われたのは無人となったコミュータだ。それ自体が警告なのかもしれないし、あるいは、生きたまま捕らえたいといった意図だったかもしれない。

再び、ヴァウェンサの宿舎の駐車場まで戻った。そこに二人の人物が待っていた。ヴァウェンサともう一人は、メガネの小柄な中年の男性だった。

車から降りていくと、この男がHIXの所長、ドレクスラだと紹介された。握手をしたあと案内され、建物の中へ入った。ヴァウェンサの部屋ではなく、中庭が見えるロビィだった。その奥の扉を開けて、会議室のような広い部屋に導かれる。女性のスタッフが待っていて、飲みものは何が良いかと尋ねられた。

大きなテーブルを挟んで、こちらに四人、対面に二人が座った。高級とわかる椅子の柔らかさだった。

ドレクスラが簡単に自己紹介をした。研究所の所長だと思っていたが、工場長も兼ねている、という。つまりHIXのここでのトップで、ホワイトの理事の一人でもある。見た感じは四十代くらい。人間なのか、それともウォーカロンなのかはまだわからない。

「まず、申し上げなければならないのは、あのような暴力的な行為は、けっして私たちが関与するものではない、という点です。疑っておられることは承知しております。それは、チベット中央政府も同じでした。先日のクーデターに私たちが関係していることが既成事実であるかのように扱われています。本当に困惑しております。何のために、そのような無謀なことをする必要があるのか、逆におききしたい、と申し上げたくらいです。もちろん、捜査には全面的に協力するつもりですし、企業内についても、またホワイトの関連企業についても、それぞれに自己調査を実施しているところです」

「さきほどの攻撃は、誰がやったものだとお考えですか?」僕は尋ねた。

「わかりません。反乱軍の残党が近くにいるのかもしれません。物騒《ぶっそう》なことです。ただ、この地域では、以前から、さまざまな少数勢力がぶつかり合っているのです。ゲリラ的な闘争が今でも続いています。おそらく、既に自分たちの目的も見失っているのではないでしょうか。犯行声明のようなものは一切出ません。自分たちの存在をアピールするようなこともないので、文字どおり地下深く潜伏してしまっている状況です。あまりにも小規模かつ散発的なため、見逃されている部分もあるかと思います」

「攻撃を加えて、なにかを奪うのでしょうか？」

「そういう例も少数あると聞いていますが、元が取れるとは思われません。言葉は悪いですが、趣味的な活動としか思えません」

「趣味的ですか……」その言葉が面白かったので、つい繰り返してしまった。

「組織的でもありません。本当に、個人なのかもしれません。道楽で多くの武器を集め、ときどき悪戯《いたずら》をするわけです」

「悪戯にしては、危険ですね」僕は言った。ドレクスラの言っていることが真実だとは思えなかったが、見かけだけでも友好的なのは、安心材料といえるだろう。

しばらく、談笑した。ペィシェンスがＨＩＸ製だったこともあって、話が盛り上がった。このタイプで生き残っているものは世界でも数人ではないか、とドレクスラは言った。

「生き残らないものは、どうなったのですか？」それを尋ねたのはウグイだ。

「事故などで死亡したものもあります。特に初期のタイプは危険な作業に使われることが多かったためです。それ以外には、不具合があれば修理をしますし、また、その後、生きたウォーカロンとしてバージョンアップしたものも多数います。ユーザの希望によって、ということです。ヴォッシュ博士が、我が社のユーザだということは、不覚にも知りませんでしたが、どうして、バージョンアップをされなかったのでしょう」

「私には、その理由はわかりません」ペィシェンスが答える。

ドレクスラが言うバージョンアップとは、機械ではない人工細胞で構成された、より人間に近い肉体という意味だが、そういった肉体は生育に時間がかかる。つまり、別の人格として育てたウォーカロンに、旧型の記憶や習慣などの情報をポスト・インストールするという工程になるのだろう。それは、もはや同じ人格とはなりえない、と僕は感じてしまう。おそらく、ヴォッシュもそう考えたのに違いない。

トンネルの入口付近に警察が到着したとの連絡が入り、アネバネとペィシェンスが出かけていった。ヴァウェンサのコミュータを借りるようだ。

ドレクスラが、僕と二人だけで話がしたいと言った。僕はすぐにそれに応じた。ウグイがまた僕を睨んだが、頷いて彼女を制した。ドレクスラが立ち上がったので、僕もそれに従った。

ロビィに出て、中庭に近いソファまで歩いた。向かい合って腰を下ろし、中庭を眺《なが》めた。すべてが人工のものだが、趣《おもむ》きがあって、見事な上品さを作り上げている。池にはカラフルな魚が泳いでいるように見えた。映像なのか、実体なのかはわからない。

「ハギリ博士にこうしてお会いできたことを、大変幸せに感じています」ドレクスラが言った。「私たちは、自分の職場から出ていくことが許されていません。そういう規定なのです。外部の人に直接会うことも滅多にありません」

「ご家族は?」

「家族はおりません」ドレクスラは首をふった。「念のために申し上げておきますが、私はウォーカロンではありません。ただ、そんなことに意味があるとも思っておりませんが」

ウォーカロンには見えない、と僕は感じていた。

「博士にお話ししたかったのは、私たちが所有する土地にある遺跡のことです。古い天文台です。保養施設を建設する目的で購入した土地ですが、遺跡が見つかったので、その建設計画は頓挫《とんざ》したままです」

「この近くですか?」

「ええ、数十キロ北ですが、山の上です」

テーブルのモニタに、ドレクスラは地図を表示させた。さらに、それを拡大し、建物らしい白い人工物を見せてくれた。上空から撮影した写真である。

「見つかったというお話でしたが、かなり目立つものですね」僕は言った。

「はい。正確には、遺跡であることが発覚した、ということです」

「どんな遺跡ですか?」

「はい……」彼は視線を上げて、僕を捉えた。「今、ナクチュで日本のチームが発掘している遺跡に関連があると考えています」

これには、少なからず驚いた。

情報が漏れているのだ。

しかし、既に何人もの日本人が関わっている。政府も知っているし、委員会も組織されているのだから、どこからでも漏れるだろう。僕は一瞬で気持ちを切り換えることにした。

「どのような関連があるのですか？」

「おそらく、同じ時期に造られたものです。同じ意志、同じ意図によってできたものだと考えられます」

「実は、私は専門外なので、よく知らないのです。たしかに、日本のチームが調査をしています。彼らは、こちらにある遺跡のことは知らないのですね？」

「知らないと思います」

「その話を私にされた理由は、何でしょうか？」

「幾つかあります。まず第一に、私たちには、日本の研究者に対して、いえ、誰に対しても、敵意を持っておりません。そのことを示したかった。第二に、こちらの極秘情報を提供することで、私たちが友好的であることをご理解いただきたかった。さらに、第三として、お互いに情報を交換することが、人類にとって有益だと考えられます。そして、人類が発展することを、私たちも心から望んでいるのです。けっして、ウォーカロンが人類を脅《おびや》かす存在でないことを知ってもらいたい。そう願っております」

「私は、知っています」

「ええ、恐れ入ります」彼は頭を下げた。「感謝をいたします。ウォーカロンの技術が、人類滅亡を防ぐ突破口になるかもしれません。私たちは、力を合わせるべき関係なのです。人間とウォーカロンは、ほかのあらゆる生命のどれよりも近い関係にあるはずです」

「ええ……、しかし、近いが故《ゆえ》に、いろいろな障害、誤解が生じるのでしょう」

「そのとおりです」ドレクスラは再び頭を下げた。

「わかりました。遺跡のことは大変興味があります。そこを見学できますか?」

「もちろんです」

「いつ、見られますか?」

「いつでもけっこうです。今からでもかまいません」

「そのかわりに、ナクチュの遺跡を見せてくれ、という交換条件ですか?」

「いいえ」ドレクスラは笑顔のまま首をふった。「そんな条件を提示するつもりはありません。提供することに、私たちの意義があります」

「そうですか。失礼しました」僕は頷いた。「それでは、せっかくなので、明日はいかがでしょうか。仕事も休みだから、ちょうど良い」

「そうですね。では、明日、ご案内いたします」

時間と人員も話し合った。こちらからは、ここに来ている四人。ＨＩＸのメンバとしては、ヴァウェンサとドレクスラの二名だけ。合計六人で現地に向かう。朝の九時に出発して、九時半には余裕で到着できる、とのことだった。

5

結果的に、この宿舎の客間に宿泊することになった。アネバネたちは戻ってきて、簡単な報告をした。破損したコミュータや、墜落したドローンは警察が調査のために回収したらしい。状況を説明しただけで、特になにもきかれなかった、と彼は言った。この件に関しては、ツェリンにも詳細を伝えておくように指示した。

僕は、シマモトに連絡をして、その後の調査の様子をきいた。通信を盗聴されている可能性があったけれど、それはどこにいても、さほど条件に変わりはない。

「報告書を作っているところだよ」とシマモトは言った。「どこにいるんだ？　見かけなかったけれど」

「ちょっと、遠くへ出てきている。明日には戻るつもり」僕は詳細な事情は省くことにした。「なにか進展があった？」

「いや、特に大きなものはないね。設備関係の仕組みがだいたい把握できて、図面に起こしている」

「例の、アンテナは？　何のためのものだった？」

「ああ、あれは、メインのコンピュータにつながっている。普通の通信を行っていたようだね。何にというか、何にでも使える状態ともいえる」

「どうして、そんな特別な通信手段を用いたのかな」

「まあ、プライベートなものだった、ということだろうね」

そんな話しか聞けなかった。プライベートというのは、普通のネットのような外部のアクセスを望まない、という意味だろう。逆にいえば、たとえば核戦争などが起こって、世界中が停電し、コンピュータが止まってしまっても、その光通信は可能だ、ということになる。なんとなく、あの聖地のデザイン指向が見えてきた気がする。

ホテル並の部屋で快適に眠ることができた。通路でウグイかアネバネが見張っていたかもしれないが、気にしないことにした。一つだけ気がかりだったのは、ペィシェンスの充電のことだった。どこでもできるものだろうか。アダプタが違うとか不具合がなければ良いが。否、忘れていた。ここは彼女を造ったメーカなのだから、心配するようなことでもないか。

目が覚めたのは七時で、明るい窓から、草原や山々の風景が見えた。これはもちろん映像だ。現在の地上のものかどうかもわからない。

一夜明けて、ウグイは多少安心した様子だった。昨日の夜などは、もう世界が終わりを迎えるとでもいった青ざめた表情に見えた。といっても、そう見えるのは僕一人だけだ。もしかして、そういったセンサが、僕にオプションとして追加されたのかもしれない。

朝食のときにウグイとアネバネと話をした。ナクチュとも日本とも連絡は取れるし、僕がホワイトの研究所に休暇を利用してやってきていることも、ＨＩＸの所長と会ったことも、既に報告を済ませたそうだ。

「局長は何て言ってた？」と僕が尋ねると、

「直接の返事はありません。シモダ局長は、北米に出張中です」

「へえ、珍しいね。きっと、ゴルフの親睦《しんぼく》試合があるんじゃないかな」

「そのジョークの意図はわかりませんが、そういった理由ではないと思います」

食事は、女性のウォーカロンが部屋まで運んできた。フルーツとヨーグルト、あとは、パンのような餅《もち》のようなもので、名称はわからない。僕はそれは食べなかった。アネバネが食べたので、どんな感じか尋ねたが、明確な説明はなかった。

ペィシェンスが部屋に入ってきたので、充電ができたかと尋ねると、「はい」と微笑んだ。ヴォッシュ博士に連絡をしたとも話した。

食事が終わった頃、モニタにヴァウェンサが現れ、出発まで時間があるから、自分の研究室を案内する、と言ってきた。これは、願ってもないことだったので、僕は即答し、十分後にロビィで、と約束をした。

「何があるかわかりませんから、充分に注意をして下さい」ウグイがそう言ったが、昨日よりは口調が穏やかだ。いつもこれくらい優しいものの言い方を心掛けてもらいたいものだ。

見学には、僕とウグイの二人で行くことにした。

ロビィに出ると、ヴァウェンサが待っていた。彼のあとについて、通路を歩いた。途中、エスカレータでフロアを上がり、またしばらく進んだところで、天井の高いスペースに出た。受付らしきカウンタがある。今はそこには誰もいない。ウォーカロンであっても週末は休みなのだ。

「訪問者なんて滅多にありませんから」とヴァウェンサは説明した。

天井はまた低くなって、通路を進む。ガラス張りの壁が多くなった。同じく透明のドアの前で彼は立ち止まった。ドアに彼の名が記されている。

ロックを解除して、室内に入った。ソフトな床で、広さは五メートル四方くらい。中央にデスクがあって、奥の壁の棚には古い文献か図面らしきものが積まれている。つまり、紙媒体だ。

僕の研究室とさほど差はない。来客用のソファがなく、座る椅子はデスクにある一脚だけだった。

「すみません。お客さんに対応できる仕様になっていないので」ヴァウェンサは、また弁解をした。

曲面モニタには、カレンダ以外にはなにも映っていなかった。壁の棚にある紙媒体を見ても良いかと、彼に許可を得たうえで近づいた。技術的な資料ではなく、民俗学や社会学の本が目立った。図面は、アルゴリズム・チャートか回路図だろう。

横の壁際にホワイトボードがあって、そこに二色の磁気ペンで数式が斜めに書かれている。右へ下がっているから、彼は左利《き》きなのだろう。手で文字を書くのはどうしてなのか、と尋ねようと思ったけれど、そのまえに質問された。

「ハギリ先生の研究室は、もっと広いのでしょう?」

「そう。今の部屋はけっこう広い。無駄に広いといっても良いほど。でも、まえの職場では、こんな感じだった」僕は答えた。「結局、部屋の広さというのは、人間関係の不確定さに比例している。会って顔を見ないといけない仕事仲間が多いほど広くなる傾向にあるんじゃないかな」

「ここでは、一日中、人に会うことはありません。通路ですれ違うだけです」

「食事もここで?」

「いえ、食堂があります。でも、食事中に話をすることはありませんね」

「消化に悪いからね」僕は言った。「それに、食べているときに、アイデアを思いつくから、一人の方が良い」

「そのとおりです」ヴァウェンサは、明るい表情になった。嬉しそうだ。「本当にそのとおりだと思います。人がいると、邪魔になります」

邪魔とまでは思わないが、とは言わなかった。食堂にも行き、そこでテーブルを囲んで座り、また研究のことで話し合った。主に、どんな機器を使っているのか、実験はどこでしているのか、といった具体的な内容だった。実験については、この建物の中で行われているが、部外者に見せることはできない、とヴァウェンサは説明した。

「機密保持ということも、もちろんありますが、とにかく、気持ちの悪い場所で、一般の方をご案内するようなところではないのです。私自身も慣れないので、あまり行きたくありません。手術室か死体解剖室か、そんな感じです。血なまぐさいし、エレスタ・マスクをしないと五分もいられません」

「そうだろうね」

「エレスタって、何ですか?」珍しく、ウグイが尋ねた。

「静電気のこと」僕が説明した。「その分野でなくて良かった」ヴァウェンサに微笑んだ。「一度だけ、生命科学分野の研究所へ行ったときに、本当に、これは駄目だと思ったよ」

「私は、主にプログラム関連なので、場所は回路、相手は信号です。クリーンなところにいるわけです。一方、あちら側というか、生体分野の人たちは、自分たちの領域を現場とか前線と呼んでいて、プライドを持っています。私たちを軽視するような発言もあって、困ったものだと思います」

「所長のドレクスラさんは、現場の出身?」僕は尋ねた。

「ええ、彼は、そうです」

「やっぱり……」僕は頷いた。思っていたとおりだった。

「どうして、そう思われたのですか?」

「だいたい、そういった分野では、一人で活動ができない。何人かで協力し合う場合が多い。自然に、そんな中からリーダが生まれる、というわけ」

「ああ、なるほど」ヴァウェンサは頷いた。

6

九時に六人で出発した。地下一階にある広い倉庫のようなスペースに、航空機が五機格納されていて、そのうちの一機に乗り込んだ。垂直離着陸型の小型ジェット機だった。全自動のようで、操縦者はいない。三人ずつで向かい合ってシートに座った。足許の空間がモニタになっていて、離陸すると地上の風景が映し出された。地面の一箇所に円形の大きな穴が開いている。そこから出てきたらしい。その穴は、四方からスライドするシャッタで閉まりつつあった。

高度を上げ、かなり遠くまで見えるようになる。小さな丘陵を越えていくと、広い平野のような地形になった。標高としてはかなり高い場所だが、それにしては珍しい平坦な光景で、僅かに緑がある程度。ほとんど砂漠のように見えた。

「この辺りは、百年ほどまえに干上がった湖です」とドレクスラが説明した。「二百年まえには、この地域は川も湖も、どちらへ行ってもあったのですが、あっという間に環境が変わってしまいました」

しばらくして、小高い山が一つ見えてきた。ピラミッドのように歪みのない形状で、人工のものではないか、と僕が尋ねると、

「さあ、それにしては大きいですね」とドレクスラは答えた。「どちらかというと、削った可能性の方が高いと思います」

その麓《ふもと》の近くに着陸した。

外に出ると、太陽の日差しの暖かさを感じるものの、空気は冷たい。前方に白いパイプラインのようなものが真っ直ぐに高いところへ向かって延びているのが、まず目につい

た。そちらへ歩いていくと、意外にも大きく、それが建物の一部だとわかった。パイプに見えたのは、階段かエスカレータのようだ。

「この山の向こうに、かつてはダムがありました。そのダムで発電をしていたのです。しかし、水がなくなってしまい、ここの機能は停止してしまったようです」

「いつくらいのことですか？　その、水がなくなったのは」僕はドレクスラに尋ねた。

「七十年から八十年くらいまえだと聞きました。少しずつ減っていったので、いつというのではなく、次第に不具合になったのでしょう。今は、簡易な発電機を持ち込んで、最低限の機能は保《たも》っています。とりあえず、研修所にでもしようかと考えているのですが……、あまり適したロケーションではありません」

風光明媚《めいび》とはいえないまでも、それなりに壮大な風景だと僕には思えた。もっとも、HIXが行う研修というのは、若いウォーカロンが対象だろうから、彼らに風光明媚などという感覚があるのかどうか、疑問だった。自然を愛し、昔を懐かしむには、それらを、人《ひと》伝《づ》てであれ、ある程度は体験していなければならないだろう。

入口まで来て、階段ではなくエスカレータだとわかった。もの凄く長い。上が見えないほど遠い。これは、電気がなかったら大変だな、と思った。

「天文台だとおっしゃいましたね。誰が観測をしたのですか？」僕は質問した。

「わかりません。天文台というのは、ここの一部のことで、そこだけが大昔に造られたようです。この建物自体は百五十年ほどまえに建造されていて、何に使われていたのかわかりません。個人的な趣味の範囲ではないかと思いますが」

「天文台には、何が残っていたのですか?」

「石が配置されていて、記号みたいなものが刻まれています。私は、天文台だったと人から聞いただけです。明確な史料が残っているわけではありません」

「この建物は、宗教施設みたいに見えますね。古い遺跡がある場所に作ったというのも、なんらかの関連がありそうです」

「その可能性は高いと思います。というよりも、それ以外に考えられません、使い道が」

「今は、無人なのですか?」

「そうです。管理用にロボットを数台配置しています」

「入口にドアもありませんでしたが……」

「この先にあります。ここはまだ庭園の一部なのです」

「財力に恵まれた人なのでしょうね、造った人は……。道路もありませんでしたね。どうやってここへアクセスしていたのでしょうか?」

「オフロードカーで来るか、あるいは、北から来るなら、湖を船で渡ったか」

「湖があったのですか。それも、干あがっているのですか?」

「いえ、だいぶ小さくなっているようですが、いちおう、まだあります。塩水湖です」

「へえ、では、かなり大きいですね」

そんな話をしていても、まだエスカレータの中間にも至っていない。しかし、高い位置になったので、周囲の風景が見渡せるようになった。白い壁の方々に窓があったからだ。といっても、なにか特別なものが見えたわけではない。近くは草原が広がっているだけで、遠くの山脈の眺めも変化はない。湖は、今登っている山の裏手になるらしく、まったく見えない。

僕のいる二つ上の段に、ドレクスラがいて、ほとんど後ろを向いて立っている。僕のすぐ下にウグイがいて、その次にヴァウェンサが立っている。彼も、ここへ来るのは初めてだと言った。きょろきょろと辺りを見回している。さらにその下がアネバネ、最後がペィシェンスだった。

途中からメガネの時刻標示を見ていたが、エスカレータを上り切るのに三分以上かかった。もう少しスピードアップする機能があれば良いが、危険だろうか。

ドアを開けて建物の中に入った。ドアは中にいたロボットが開けてくれて、「ようこそいらっしゃいました」と日本語で言った。今時珍しい合成音で、わざとレトロな雰囲気を醸《かも》し出《だ》しているのだろう。

広間があって、さらに奥へ進む。何があるというわけでもない。家具がなく、ただ広い部屋があるだけだ。壁が平面ではなく部屋の形も不整形だった。湾曲したガラスから外が展望できるものの、やはり、見えるのは緑の傾斜地だけである。ずいぶん下に、乗ってきたジェット機が小さく見えた。

奥へ入ると、通路があって、そこをさらに進んだ。この通路は、必要以上に幅が広く、両側に柱が並んでいる。何のためにあるのかわからないが、宗教的な意匠に見える。ただ、絵画などは一切ないし、床や壁も単色で模様はない。シンプルといえるが、広すぎるため、殺風景この上ない。

「これは、たしかに、なにかに使えないか、と考えてしまいますね」

「そうです。私もここへ来るたびにそれを考えるのですが、どうも良い利用法を思いつきません」ドレクスラは、ドアを開けて新しい部屋に入った。「ここには、曼荼羅《まんだら》があります」

「マンダラ?」

広い多角形の部屋の床に、それは描かれていた。最初は絨毯《じゅうたん》のようにも見えたが、膝を折ってじっくりと観察すると、それは細かい粒の集合で、一粒一粒は単色のようだった。

「もしかして、これは、固定されていないのですか?」僕は尋ねた。

「そのようです。全体を調べたわけではありませんが、端《はし》の方を触ると、簡単にずれてしまいます。着色した砂を並べて描いたものです」

「なるほど、では、中央から順番に描いたわけですね」そうしないと、足場に困るからだ。

曼荼羅というものは知っていたが、伝統的な文様《もんよう》というくらいにしか認識していない。しかし、宇宙を表現するものだ、と聞いた気もする。この場所が天文台ならば、それも相応しい。

「これは、しかし、古いものではありませんね」僕はきいた。

「もちろんです。少なくとも、この建物よりは新しいでしょう」ドレクスラは微笑んだ。面白いジョークだ。僕も少し笑ってしまった。ウグイの顔を見たが、無表情である。こんなものに何の意味があるのか、と考えているのにちがいない。

「ここにある重要な施設は、これではありませんよね?」僕は立ち上がって、ドレクスラにきいた。

「もちろんです。どうぞ……」ドアの方へ手で示した。通路に出てくれ、ということらしい。「ご案内します」

再び、広い通路を歩くことになった。突き当たりには、通路と同じ幅の階段がある。ここはエスカレータではない。本当の固定された階段だ。ドレクスラはそこを上っていく。高低差は優に三十メートルほどあるだろう。傾斜は緩《ゆる》やかだが、途中で下を見たら、恐くなる光景だった。

上りきると、そこも、また広い部屋で、家具などは一つも置かれていない。ただ、両側の壁に窓が並び、明るい外の景色がまるで絵画のように美しかった。ドアをドレクスラが開けて、次の間へ入るように促した。

「床が多少傾斜しているので、ご注意下さい」

「ああ、本当ですね」言われて気づいた。部屋に踏み入ると、重力加速度のベクトルが意識される。「不思議な部屋ですね」

「ここが建物の中で最も高い部屋になります」ドレクスラは右手の窓の方へ近づいた。

そちらへ行き、外を眺めると、建物の屋根が下に見える。また、別の窓からは、これまで見えなかった方向の風景が一望できた。

青い湖が広がっている。遠くは少し霞《かす》んでいたが、山々に囲まれていた。ダムと思われる構造物は、すぐ手前の山の間にある。しかし、湖はそこまでは至っていない。それでも、細い川が近くまで続いているようだった。

近くには樹々が疎《まば》らにあって、深緑色か褐色《かっしょく》だった。その向こうに、湖の綺麗な一色の青があって、白っぽい霞《かすみ》によって、空色に近い山脈と仕切られていた。空は、その山脈とほぼ同系色だが、山のエッジが白いため、くっきりと際立って見える。ほぼ北の方向を眺めているので、遮《さえぎ》るもののない日光が、すべての色彩を素直に輝かせていた。

「あそこに天窓がありますが、梯子《はしご》を掛けて、屋根の上に出ることができます」ドレクスラは天井を指さして言った。

「いえ、ここで充分です。遠慮します」僕はすぐに断った。「足が竦んでしまいます」

「ああ、いえ、今は梯子がありません。ただ、屋根の上にアンテナが設置されているのです。南を向いています。非常に短い波長のものです」

「レーザですか……。ナクチュの方を向いているのですね?」

「ぎりぎり直線で結ぶことができます。こちらも高い。向こうも高い塔の上にあるのではないでしょうか?」

「そのアンテナは、ええ、確認されています」僕は正直に答えた。「こちらのアンテナは、何につながっているのですか?」

「それが、これからご覧に入れるものです」ドレクスラは言った。

7

部屋の入口から最も遠い位置、傾斜した床の一番高いところ、方角で言うと北になる。その場所に楕円《だえん》形のステージのようなものがあった。床から、僅かに五センチほど高い。楕円の長手《ながて》方向は三メートルほどある。その上に乗るように、とドレクスラが言った。六人が楕円内に入ると、ステージが静かにゆっくりと沈み始める。エレベータになっているのだ。

スラブの厚さは一メートルほどで、その下へ抜けると、地階の部屋に照明が灯った。六人が乗った楕円形のステージは、透明なプラスティックの筒の中を下りていき、減速して停止した。正面のドアがスライドして開く。

上の部屋とほぼ同じ広さだったが、周囲はコンクリートの壁で窓はない。部屋の中央にシートが被《かぶ》せられた大きなものがあった。高いところは天井ぎりぎりで、床に接している部分は、直径五メートルほどもある。なにかの機械だろうか、と僕は思った。

「シートを上げてくれ」ドレクスラが呟《つぶや》くと、小さな電子音が鳴ったのち、そのシートが天井へ引き上げられる。細いワイヤで吊られていたようだ。

息を呑《の》んだ。

そこに現れたのは、大きな人形の顔、しかも上半分。

両目が僕たちの正面にあったが、それは今は閉じられている。眉があり、鼻があるが、その鼻の途中で床に埋まっているようで、口はない。顔の上半分しかない。頭には髪の毛がある。黒い糸なのか、ワイヤなのか無数に、そして滑らかに整っていて、これも頭の頂上から床へつながっている。床には切れ目がない。つまり、この顔の造形は、床にぴったりと僅かな隙間《すきま》もなく埋め込まれているのだ。上半分だけを造ったのか、全体を作り、あとから床を張ったのか、どちらだろうか。

人形というよりは、日本にある宗教像、つまり大仏を連想させた。これは何ですか、という質問さえ呑み込んでしまうほど、あっけにとられて、言葉も出なかった。

ドレクスラは、その顔の横へ進み、こちらへと僕たちを手招きする。彼について、右方向へ顔の横を巡る。耳は髪の毛で隠れているが、それらしいものが造られていることもわかった。ただし、やはり耳の下半分は床に隠れている。横から見て、ようやく、この大きな顔が女性であることに気づいた。女神のようなものだろうか。

さらに、後部へ回り、その後頭部を見上げる。この角度で見れば、これが人間の頭だとは思いもしないだろう。

「これが見つかったのは、半年ほどまえのことです」ドレクスラが言った。「奇妙な像がある、とまず報告を受けました。仮設置した発電機は、容量が限られているので、回路のすべてに供給することができません。それで、順番に通電して、検査をしていたのです。その作業は、ほとんどロボットに任せてあったのですが、たまたま、小さなトラブルが発生したため、作業員がこちらへ出向いたところ、今あったエレベータが初めて作動して、この地下室が発見され、このオブジェも見つかったというわけです」

「これは、何のためのものですか？」僕は当然の質問をした。

「当然、それを調べなければなりません。不思議なことですが、いかなる立体形よりも、目的に興味が湧《わ》きます。どうして、人間の頭の形に造られたのか、と」

ドレクスラの言ったことは、面白かった。どんな形よりも、人間の顔に我々は最も興味を示すのだ。それは、危険を察知する感覚に起因した本能的なものだろう。

「どれくらいでしょう、およそ、人間の三十倍といったところですか?」僕はきいた。

「そうですね。それくらいになります。もし、このサイズで全身像を造ったら、身長は五十メートルにもなるでしょう」ドレクスラは答える。

壁際に、ワゴンのようなものが置かれていた。彼はそれを引き寄せる。天板がプロジェクタになり、図面が宙に浮かび上がった。

「この頭の内部を調べた結果がこちらです」

同じ形の箱が幾つか集合し、中央にある円筒形の装置を取り囲んでいる。ケーブルが無数につながっているようだ。その対象を周囲から眺める映像だった。さらに、中央部の内部へフォーカスされ、電子基板が幾つも放射状に密集している場面が映し出される。

「この後頭部の髪の中にハッチがあります。そこから内部に入ることができるようになっています。設置されているのは、コンピュータです」

「大きいですね。いや、百五十年まえならば、こんなものだったでしょうか」

「それでも、当時としては、最新で最強のスーパ・コンピュータではなかったかと思われます。サイズが大きいのは、主に冷却のためです」

「外部とはつながっているのですか?」

「それが、その……」ドレクスラは、人差し指を真上に向ける。「屋根の上のアンテナです。それ以外にはつながっていません」

「電源は?」

「ダムの水力発電で供給されていたようです。今は、もちろん、電圧はかかっていません」

「メインスイッチはどこにあるのですか?」

「いいえ、ありません」

「スイッチがない?」

「そうです」彼は頷いた。「少なくとも見つかっていません」

「では、別電源で、供給してみましたか?」

「いいえ。それは、まだやっておりません。もう少し調べてからになると思います。安全を確認する必要があります」

「安全? でも、なにか出力する機能があるのでしょうか?」

「見たところ、そういったメカニズムは、ありません。おそらく、音声出力だけでしょう。安全と言ったのは、電源を入れて、これを壊してしまわないか、という意味です」

もう一度、大きな顔の正面に戻った。顔に触れてみる。材質は何かわからないが、金属のように硬くはなかった。

「この目は? 開くのでしょうか?」僕は尋ねた。

「ええ、そのメカニズムは内部にあります。電源が供給されれば、目が開くはずです。受像機能もあるので、見ることができるはずです」

僕は思わず後ろを振り返ってしまった。この部屋には窓はない。何も見るものはないではないか、と思ったのだ。しかし、すぐに気づいた。もし、見るとしたら、ここに立っている人間、つまり今は、僕たちだ。

もし目が開いたら……。

それは考えただけでもぞっとする光景に思えた。

何のために見るのか？

不思議としかいいようがない。

「お見せできるものは、これがすべてです。これ以上の情報はありません」ドレクスラは言った。「いったい、これは何でしょうか？　ハギリ博士は、どうお考えになりますか？」

「いや……、まったくわかりません」僕は首をふった。「どうして、私にこれを見せたのですか？」僕はドレクスラに逆に尋ねた。

「私たちだけの手に負えるものではない、と考えたからです。それに、ナクチュで見つかったものの情報が流れてきて、ここととの関連もあると想像できました。総合的に判断をした結果です」

「ＨＩＸの判断ですか？　それともホワイトの？」

「どちらでもありません。HIX内でも、まだ共通の情報にはなっておりません。ただ、トップは知っています。一部の専門グループで、とにかく調査をすることが先決でした。まだその段階のものです。非公式ではありますが、ハギリ博士か、ヴォッシュ博士のお知恵を拝借したいと考えたのです」

「そうですか……、私よりは、ヴォッシュ博士が適任でしょうね。ここのことを、彼に話してもかまいませんか？」

「はい。もちろんです」ドレクスラは頷いた。「それ以外にも、専門の方に話していただいてかまいません。ただ、広く公開することは、現段階ではお控《ひか》えいただきたいと存じます」

「ええ、それは、そうでしょうね。わかりました」

ヴォッシュの方が専門だと言ったものの、大した根拠もない発言だったと後悔していた。こんなものが専門の学者などいないだろう。

第3章　月下の理智《りち》　Sublunary intellect

この一画は二十世紀末の原子戦争で破壊された。やがて再建されたのだが、二十一世紀の世界復興戦争の際にふたたび破壊された。さらにまた再建されたのだが、こんどは耐爆発水晶で蔽われ、階段は、段のついたガレリアになった。このガレリアの円蓋はキーツが住んだと伝えられる家の死の部屋の眺めをさえぎっていた。もはやせまい窓からキーツの部屋をのぞきこむ観光客はいなかったし、詩人の末期《まつご》の眼に映った最後の光景を見ようともしなかった。現在の観光客が見るものはスペイン階段のうすぐらい円蓋で、その下には頽廃にゆがんだ人間の姿があった。

1

古代の遺跡も見せてもらったが、それは、建築物の東側の庭にあった。大きな岩の上が三メートル径ほど平たく削られ、その上に三十センチくらいの石が十二個、並べられたものだった。ドレクスラが記号が刻まれているといったのは、東西南北を示すもののようだった。岩の先は切り立った岩壁で、あまり近づきたくない場所である。五分ほどで退散してきた。

天文台からＨＩＸまで、ジェット機で戻った。

帰るまえに、建物の上空を飛んでもらい、あの不思議な頭像があった部分が、ほぼその岩山の頂上であることがわかった。屋根の上にあるアンテナは、まさしくナクチュの塔の上にあるのと同じものだった。両者の関連は疑う余地はない。

ジェット機でナクチュまで送ってもらえれば楽なのだが、そうはいかなかった。ドレクスラは、ＨＩＸから外へは出られない決まりになっている。ヴァウェンサがナクチュに派遣されたのが唯一の例外で、これは本社の承諾《しょうだく》を得たものだという。

というわけで、僕たち四人は、コミュータでナクチュまで戻った。そのコミュータは、一人で帰っていった。明後日の月曜日にヴァウェンサを乗せてくる任務があるためだろう。

「無事に戻ってこられた」と僕はウグイに言った。

「はい。ほっとしました」と彼女は答えた。珍しい言葉だと僕は思った。

今日と明日は、子供たちの測定が休みなので、マナミは、ナクチュ内の見学に出かけていた。ツェリンが一緒である。それから、シマモトは、ホテルにいた。こちらも、聖地の調査は休みだと言う。第一次報告に対する質問が殺到していて、それに対する回答に追われ、週末返上だ、と知らせてきた。

ヴォッシュに連絡して、ランチを一緒にどうか、ときくと、彼の部屋へ誘われた。着替えをしてから、僕は隣の部屋のドアをノックした。

「ソーセージだが、良いかね?」ドアを開けるなり、ヴォッシュはきいた。

「ええ、なんでもけっこうです」僕は答えて、部屋に入った。

良い匂《にお》いがして、テーブルに料理が並んでいた。ペィシェンスは帰ってきてまだ十分も経《た》っていないはずだ。つまり、料理はヴォッシュが作ったということらしい。部屋の隅《すみ》に、ペィシェンスが立っていて、こちらに軽く頭を下げた。

「聞かれましたか?」勧められたソファに座りながら、僕は尋ねた。

「聞いた。それに、もちろん、見せてもらったよ」ヴォッシュは嬉しそうだ。

ペィシェンスが見てきたことを主人に報告したのだ。彼女が見たものをそのまま再生できるはずだが、時間からしてダイジェストだろう。

「どう思われましたか?」僕は尋ねた。

「ブラボー」そう言ってから、彼は両手を広げてみせ、その手を自分の口に当てた。大声で叫びたい、というジェスチャのようだ。「しかし、興奮してばかりもいられない。冷静に考えなければならない」

「そう思います」

「しかし、ソーセージがさきだ」

「そもそも、これらが、私たちの前に現れたのは、意図的なものと思われます」

「そこだ」ヴォッシュは、真剣な眼差しに戻っていた。「私も君も、マガタ博士に会っている。導かれたということだ。それから、あの、ドレクスラという男は、名前を聞いたことがある。彼はウォーカロンではない？」

「人間だと思います」

「HIXが、少なくとも、私たちの敵ではないことがわかったのは嬉しい。もちろん、彼が全体を代表しているかどうか、わからないがね」

「ええ、それはわかりません。向こうは、とにかく、ここの聖地に興味があるのでしょう。だから、まずは自分の手の内を見せてきた。友好的に事を運んだ方が有利だと考えたのではないでしょうか」

「それは、ごく普通のことだ。ビジネスでも、あるいはアカデミックでも、そういった駆け引きはあるだろう？」

「そうですね」僕は溜息をついた。「このところ、暴力的な事件が続いているので、つい、思考がそういった方向へ引っ張られて、疑心暗鬼になっているようです」

「無理もない。とにかく、食べよう……」ヴォッシュはフォークを手に取った。

ソーセージを食べた。ヴォッシュがドイツからわざわざ持ってきたものだという。それから、ジャガイモを揚げたものを食べた。どちらも、僕の好きなジャンルだ。マスタードが利いて美味しかった。

「どうして、人間の頭の半分なんでしょうね？」僕は尋ねた。

「あれは、下の部分はないのかね？　床の下に埋まっていて、隠れているのでは？」

「それは、確かめていません。でも、もしそうなら、ドレクスラがそう言ったのではないでしょうか。レーダで調べたでしょうから」

「となると、単なるディスプレイということになる」

「飾りという意味ですね？　でも、眼が動く機構があると……」

「そこに来た人間を驚かす機能か……。宗教的な儀式に使ったのかもしれない」

「こちらの聖地と、レーザ通信で接続されていたようですが、何のためでしょうか？」

「わからない。ただ、共通するのは、どちらも自前の発電機能を備えている点だ」

「そうですね。つまり、エネルギィを自給していた。国家的なプロジェクトというか、膨大な資金が投じられていることはまちがいありません。それなのに、そういった記録が残っていないのは、故意に秘密裏に建造されたわけですね」

「人類が核戦争で絶滅したあとを想定したデザインのように見える。百五十年まえには、たしかに世界にはその危機はあった」

「当時のスーパ・コンピュータというのは、どの程度のものだったのでしょう？　おそらく、既に人工知能の基盤は完成していたと思いますが」

「さほど、今と変わりはないよ。単に大きかっただけだ。図体《ずうたい》が大きいから、電子が走る経路が長くなって、演算や処理に時間がかかる。それだけの違いだ。同程度の性能のものが、今は人間の頭蓋骨の中に収まる。そうか、あの巨大な頭が、その縮尺を表しているわけかな？」

「設計者が予期しなかったことは、水力発電が水不足で止まってしまったことです」

「スイッチがないというのは、オフにする状況が想定されていないということだ。しかし、それが止まってしまった」

「ええ、電気を供給したら、再起動するでしょうか？」

「どうかな、それは君の方が専門だが……」

「部品がすべて正常な状態だとは考えられません。百五十年経過していれば、環境が良いところでも、酸化が進みます。地下に設置されているのは、紫外線などを嫌ったものと思いますが、それでもさまざまな電磁波が通るでしょうから、回路の幾つかは支障を来《きた》していると思われます。ただ、そういった部分損傷を想定して設計されているかもしれません。部分的な不具合をリカバする回路、そしてプログラムがあれば、そうですね、人間が老化するのと同じで、少々忘れてはいても、目が覚めたら、ある程度は思い出すのではないでしょうか」

2

警察から連絡があったそうで、アネバネが僕に報告にきた。昨夜の襲撃を行った犯人が逮捕されたという。ドローンで脅して、車から降ろし、そのあと車内を物色することが目的だった。逮捕されたのは、数十キロ離れたフフシルという村に住む男で、以前にもこういった問題を起している、とのことだった。危害を加えるつもりはなかったが、ドローンが攻撃されたので、反射的にコミュータを撃ってしまった、と供述しているらしい。

「へえ、なんか、嘘《うそ》っぽいね」と僕が言うと、

「事実に反していると思います。しかし、警察はこれで処理をしたいようです」アネバネは言った。

人間やウォーカロンに向けて攻撃をしてきたわけではない。そこは事実だ。しかし、反射的にコミュータを破壊したというのは、不思議な物言いといえる。反射的とは何なのか。まるでゲームではないか。それに、攻撃をしたのはコミュータではない。コミュータから外に出たアネバネなのだ。事実に反するというのは、その点のことだろう。

それに、金銭目的の強盗行為であるなら、なんらかの警告なり要求なり、メッセージを発するのが常套《じょうとう》だろう。それはなかった、とアネバネは話している。

どうも、警察が書類だけで処理をしようとしているように感じられた。ツェリンが、以前にそういったことがこの国では珍しくない、と話していたからだ。

翌日の日曜日、僕はカンマパに連絡をした。日曜日なので公務はないはずだが、逆に、嫌がられる可能性もある。それとなく、打診をすると、今からそちらへ参ります、という返信が即座にあった。慌てて、身の回りを片づけた。ウグイも部屋にいたが、彼女は通路にいます、と言って出ていった。

五分ほどして、カンマパが現れた。頭のリングは付けているが、服装はラフなもので、普通にどこでも見かける若者のファッションだった。

「お呼び立てして申し訳ありません」とお辞儀をすると、

「私も、博士にお会いしたかったのです」と笑顔で応える。

一旦はソファに座ったのだが、彼女が、神殿へ行きませんか、と誘ったので、すぐに出かけることになった。歩きながらの方が話がしやすいかもしれない、とも思う。

通路に出ると、少し離れたところにウグイが立っていた。

「彼女がついてくるかもしれませんが」僕は歩きながら、カンマパに囁く。

「あの方は、秘書というよりも、博士のパートナのようです」カンマパは言った。

「いえ、それはだいぶ違います。秘書というよりも、そうですね、監視員です。私が変なことをしないように、常に見張っているのです」

カンマパは振り返った。ウグイがついてくるのを確認したようだ。

「どうして、あんなに離れているのかしら」と小声できいた。

「どうしてでしょう」僕は応える。そう言われてみればそうだ。遠慮というものだろうか。しかし、これは英語にしにくい言葉である。

地下の通路を奥へ歩き、大広間を通った。このまえのクーデターの記憶が蘇《よみがえ》る場所だったが、彼女はなにも言わなかった。カンマパは、このナクチュのリーダとして、実に勇敢に振る舞った。その点に敬意を表したかったが、やはり、上手く言葉にする自信がなかった。

しばらく黙って歩く。螺旋階段を上がり、裏庭に出た。自然に塔を見上げる視線になる。

「この塔には、上られたことがありますか?」

「はい。何度も」

「上に、ヘリポートというか、航空機の発着場がありますね」

「ええ、でも、私が知っているかぎりでは、その目的で使われたことは一度もありません」

「アンテナがあります。ご存じですか?」

「いいえ」カンマパは首を振った。「アンテナ?」

僕は、大きさを手で示し、形を説明した。

「ああ、ええ、わかりました。あれはアンテナなのですか。ただの飾りだと思っていました」

「何の飾りですか?」

「北を示す飾りです」

建物の中に入り、エレベータに乗った。一階では、ロボットが動いているのが見えた。地階でドアが開く。同時に照明が灯った。シマモトたちのチームはいない。休日である。ロボットもいなかった。

「こちらへいらっしゃったときは、どこで祈るのですか?」僕は尋ねた。

「ここで祈ります」カンマパは床を指さした。エレベータを出た位置だった。

「誰といらっしゃるのですか?」

「一人で参ります」

「誰か、ここに、いませんでしたか?」

「いいえ。そんなことは一度も」

「あそこのハッチに入っているものが何か、ご存じでしたか?」

「もちろんです」

「それを、誰かに話しましたか?」

「誰にも話しません。口にすれば果てる、と言われています」

「なるほど……。ハッチを開けて見ることも、されなかったのですね？」

「目にすれば失います」カンマパは言った。

しばらく、僕は黙っていた。彼女はなにか隠しているのだろうか。それとも、その隠すことが、そもそも彼女の仕事、あるいはアイデンティティなのか。そんなふうに考えを巡らしてしまった。

カンマパは、壁に並ぶハッチを見なかった。僕が立っているのはハッチの前だったから、横を向いている彼女を見ることになった。

「代々、ここを守っているのですね？」僕は沈黙を破って質問した。

「そうです」彼女のプロフィールが頷く。

「ということは、ナクチュの人なのですね、ここに眠っているのは」

「わかりません」

「ナクチュの住人は、亡くなった場合、どうするのですか？」

「お葬式をします」

「遺体は、どうするのですか？」

「私は、詳しくは存じません」

「そんなはずはない。貴女のご両親は？」

「死にました」

「遺体をどうしたのですか？」

「死んだ者は……、天に昇ります」

「どうやって？」

「あの……」カンマパは、こちらを見た。僕を真っ直ぐに見る。「お話しすることができないのです。それを先生にご理解いただきたいと思って、参りました」

「口にすれば、果てるからですか？」

彼女は、しばらく躊躇《ためら》ったあと、決意をしたように頷いた。

「このまえ、兵士に撃たれた老人がいました。それから、猫を飼っている少年の母親だと思いますが、コンクリートの下敷きになって亡くなりました。二名の死者が出たのです。その葬儀は執り行われましたか？」

「はい、もちろんです。私も出席しました。ここの住民のほとんど全員が、二人の死を悼《いた》みました」

「死というのは、悲しいものですね」

「はい。しかし、いずれは、誰にも訪れるものです。皆がその覚悟をして生きております」

「ご存じだと思いますが、私たちの国では、ここよりも死は特別なものになりました。かなり大きな怪我《けが》をしても助かりますし、病気で亡くなる者もほとんどいません。したがって、誰も、自分の死を覚悟していません。もちろん、私もです。ただ、それでも、死は恐い。本能的に恐いと感じます」

「同じだと思います。覚悟はしていても、恐いものです。それを一時的に忘れて、生きているのです」

「死を見ないようにする、口にしないようにする、という文化は、かつて日本にもありました。これは、書物を読んで知っている知識です。こちらの言い伝えと似ていると思います。日本では、死という言葉自体が忌《い》み嫌《きら》われるものでした」

「そうですか……」

「しかし、私は科学者です。そういった伝統、文化といったものを尊重はしますが、一方では、それらが人の自由を縛っているとも感じます。同じことが、宗教にもいえます。神様を、ここの人たちは信じているのでしょうか？」

「神は、ここでは死と同じものです」

「どういうことですか？」

「見たり、口にしたりしてはいけない存在です」

「なるほど。わかりました。あの、いつでもけっこうですから、もし、よろしければ、私にメールをお送り下さい」

「え？　どうしてですか？」

「メールならば、口にするものではありませんから」

3

神殿の正面から出た。ピロティで数人の子供たちが遊んでいて、僕とカンマパが出てきたのを見て、びっくりしたのち、慌てて視線を逸らし、走り去ってしまった。神様が出てきたと思ったのだろうか。

カンマパは、僕に一礼して、ピロティを歩いていった。僕はステップに腰を下ろした。子供たちが戻ってきたら、話を聞こうと思ったからだ。しかし、どこへ行ってしまったのか、高い声はずいぶん遠くなってしまい、姿は見えなかった。

ウグイが神殿から出てきた。ずっと僕のあとを歩いていたのだ。カンマパの姿が見えなくなると、彼女は近くへ来た。といっても、腰を下ろすようなことはしない。僕から四メートルほどのところに立った。

「ナクチュの葬式は、火葬だそうです」ウグイは言った。

「へえ、調べたの？」

「はい」

「君の意見を聞きたいな」

「何についてですか？」

「昨日見た、あれ」僕は言った。「天文台の巨大な頭の像」

「意見はありません」

「あそう……。じゃあね、一昨日《おととい》の夜から昨日の午前中に見たものの中で、なにか感想とかを持ったものはないかな？」

「所長がいきなり一人で登場したのは不自然でした。誰か同行するものでは？」

「ジェットが六人乗りだったからじゃないかな」

「日本のハギリ博士が来ているのに、ほかに誰も出てこないのも変です」

「休みだから」

「でも、研究員の人たちは、あそこにいるわけですよね。誰も見かけませんでした。部屋の外に出ることを禁止されているみたいです」

「たぶん、大勢では、僕たちが警戒すると考えたんだ。特に、武器を持って神経を尖《とが》らせている人がいるかもしれないから」

「私が神経を尖らせているのは、先生が無防備すぎるからです」

「わかったわかった。その話はよそう」僕は手を広げて振った。本当は、なにもなかったじゃないか、と言い返したいところだったが、絶対に反発されるだろう。「あのジェット機は、なかなか小型で良かったね。どこの製品？」

「北欧製です」ウグイは答える。「戦闘機ではなく商用です」

「それは、私でもわかる」

「タービンエンジンは六発です」

「ロッパツ？　ああ、六基のエンジンってこと」

「はい」

「あれだったら、そこの塔のてっぺんに着陸できるかな？」

自然に見上げてしまったが、ピロティには屋根がある。神殿の塔はここからは見ることができない。

「できると思います」

「ああいう、垂直離着陸ができる小型ジェットは、どれくらいまえからあるもの？」

「二百年以上まえから実用されていたと思います」

「よく知っているね。そうか……」

「それがどうかしましたか？」

「いや、そこの塔の上に、発着場があるんだけれど、プロペラのあるヘリでは少し狭いように思ったんだ」

「正しくは、ロータです」

「よほど小型のものじゃないと無理だ。それに、アンテナとか、避雷針とか邪魔なものが立っている。ロータが接触してしまう。ということは、ロータのない航空機用ということだね」

「そうですね」

「この神殿にいた人は、あちらの天文台まで、そうやって移動していたんじゃないかな」

「何のためにですか？」

「あちらが、つまり、神様の寝室だった」

「天文台が？　寝室とは、どういう意味ですか？」

「寝る場所、という意味だけれど」

ウグイは無表情のまま黙った。そんなことは知っている、という顔だ、と僕は勝手に解釈する。最近、このように脳内腹話術劇を見ているのだ。かなり楽しくて、ときには、吹き出してしまったりする。

「初めてここに入ったとき、神殿の中にマガタ・シキ博士がいて、案内をしてくれた。つまり、彼女がここの神様なんだ。ときどき、ここへ来る。カンマパは、ナクチュのリーダとして、神様に会っているんじゃないかな。なんて言ったっけ？　神様に仕える女性のことを……」

「巫女《みこ》ですか？」

「そうそう、さすがに、古典専攻。それで……、巫女にお告げをしたあと、神様は、ジェット機で寝室へ帰る」

「それでしたら、ここか寝室のどちらかに、神様のジェット機がなければいけませんが」

「いや、それはね、神様なんだから、ほかにもリビングとか、書斎とか、別のところにあるんだよ」

「ジェット機では、音がします。周囲が気づくのではありませんか？　誰かに目撃されるはずです」

「いや、ここの人は聞かない。耳にすれば失うからだ」

「意味がわかりませんが」

「そうそう。それそれ」僕はウグイを指さした。「それを、カンマパに言ってあげたい」

「私が言いましょうか？」

「いや……、そう、また、今度にしよう」僕は肩を竦めた。「今日は日曜日だし」

4

月曜日には、日本からさらに三名がシマモトの聖地調査チームに加わった。医療関係のスタッフだという。いよいよ冷凍死体の詳細な検査が始まるのかもしれない。

僕とマナミが担当している測定作業ブースに、朝八時にはヴァウェンサが現れた。早朝に出発しないとこの時間には来られない。勤勉なことだ。

午前中は、ナクチュの大人たち三十人を測定することになっていた。何の仕事をしているのかはわからない。無作為に選んだとツェリンは話している。十代の若者から、七十代の老人までいた。十人ずつ、時間を設定したので、比較的待ち時間も短く、混乱もなく、普通に測定ができた。いずれも、九十パーセント台の数値で人間と判断された。満足できる結果である。

珍しいサンプルがあった。若い女性だが、お腹《なか》が大きい。妊婦だという。もうすぐ子供が生まれるそうだ。そういう姿を生で見るのは初めてのことで、大変に緊張した。歩いてここまで来たと聞いて、どうして断わらなかったのか、と尋ねてしまったが、相手は首を傾げるばかりである。

その後、ツェリンが現れたので、何故妊婦を選んだのか、ときくと、

「え、選んではいけないのですか?」ときき返された。

そこで、僕は考え込んでしまった。そういうものなのか。特別な状態ではないのか。なるほど、そうなのかもしれない。考えがそこまで及び、ツェリンに僕の印象を伝えると、やはり、ここでは妊婦は特別ではない。多少周囲に大事にされることはあるけれど、働ける状態ならばそのまま働いている。どこへでも歩いて出かけていく、とのことだった。

午後は、また子供がやってくる。今日も十人だが、少し時間があくので、ウグイと一緒に聖地へ行くことにした。すると、調査スタッフが何人も作業をしている中、ヴォッシュがエレベータの近くで、手摺《てす》りに腰かけていた。

「日本人は、無口な人が多い」ヴォッシュは言った。「みんな黙々と作業をしている」

褒《ほ》めているのだろうか。よくわからなかった。スタッフのうち数名は、マスクをしている。地下の死体安置所と聞いて、そういった装備を持ってきたのだろう。しかし、ここは空調は充分に利いている。マスクの必要はないだろう。それとも、なにかの細菌でも怖《おそ》れているのだろうか。

奥から現れたシマモトが、僕に気づいて、近づいてきた。リーダの彼はマスクをしていない。初日からしていなかった。

「なにか、見つかった？」僕はきいた。

「二つ」シマモトは、指を二本立てた。「一つは、絞殺と思われる遺体があったこと。若い男性だ。たぶん、十代だろう。あるいは、蘇生が可能かもしれないので、慎重に対処することになった」

「それは凄い。絞殺だと、蘇生の可能性が高いの？」

「大多数の細胞が健全なまま冷凍された可能性が高い、というだけ」シマモトは言った。

「突然死の方が、短時間で冷凍されただろうからね」

「もう一つは？」

「もう一つは、上の塔だ」彼は指を立てた。「階段を上がっていくと、屋上に出るが、その一つ下に、もう一つフロアがある。なにもないから、単なる構造的な二重フロアだと思っていたんだが……」

その場所のことは僕も知っていた。映像で見せてもらっただけで、実際にそこまで上がったわけではない。階段は塔の内側を螺旋状に巡っていて、高さによる恐怖を強く感じさせる構造になっているからだ。

「そのフロアを丹念に調べたところ、埃《ほこり》に埋もれて、絨毯が見つかった。けっこう高級そうなものだ」

「絨毯ね。ほかには？」

「家具はないが、家具を置いた跡がある。ベッド、椅子、テーブル、そんなものがかつては置かれていたようだ。できたら、ハギリからカンマパ区長にきいてもらいたいのだけれど」

「え、どうして僕が？」

「ツェリン博士にきいたら、そうアドバイスされた」

「へえ……。どうしてかなぁ」

「普通に尋ねても、教えてもらえない、ということなのでは？」

「いや、それは僕だって、普通に尋ねることしかできないけれど……」

「そのフロアの調査は、まだ始めたばかりだ。どこかに隠されたスペースがあるかもしれない」

「うん、そして、誰かが書いた日記くらい出てきてほしいね」

「日記？　何考えてるんだ？」

シマモトは、片手を上げて微笑み、仕事に戻っていった。僕はヴォッシュに、友人と話していた内容を掻《か》い摘《つま》んで伝えた。

「こんな平和そうな村でも、殺人事件はあったということか」ヴォッシュは言った。「いや、平和な村にこそ、殺人はあるのかな」

「殺人とは限りません。たとえば、自殺とか」

「それは、見たら違いがわかるのでは？」

「そういうものですか」

たしかに、シマモトは絞殺という言葉を使った。限定できるなんらかの証拠があるのかもしれない。

ヴォッシュが、ハッチの開いた冷凍カプセルを見にいっている間に、僕はカンマパにメールを送った。塔の最上階に部屋が見つかった、絨毯など居室として使われた形跡がある、なにか心当たりはないか、といった内容だった。また、昨日のことを思い出して、もう少し詳しい話が是非《ぜひ》伺いたい、とも書いておいた。

ヴォッシュがこちらへ戻ってきた。

「綺麗な遺体だ。本当に、たった今死んだところに見える」

「死んだ人間を見るのも、最近では滅多にないことですね」

「君も、見てくると良い」

「いえ、もう見ました。あまり、何度も見たくありません」

「不思議なものだ。死んだ動物もあまり見たくないと感じるらしい。生きているものは、生理的に生きていない状態を嫌っている。つまり、生きることに絶対的な価値があると信じている、いや、そう叩《たた》き込《こ》まれているようだ」

「不治の病《やまい》というものが、かつてはあったようです。そういう人たちが、未来の医療技術に希望を託して、冷凍睡眠に身を投じた、という話を聞いたことがあります」

「それは、実際にあった。宗教絡みのものが多かったがね。つまり、当時としては死の恐怖から逃れることができる唯一の物理的かつ科学的な方法だったともいえる。惜しむらくは、冷凍生体保存の技術が確立されていなかったことだ。月に向かって大砲を撃つような行為だ」

少々飛躍した比喩《ひゆ》だったので、僕は数秒間考えてしまった。つまり、月が未来であり、月へ到着するためには、いくら正確に狙いを定めて大砲を撃っても、撃ち当てることは困難だ。それは、大気があって、そこを弾が通り抜けるときに抵抗を受け、必ず軌道が狂うからだ。月へ行くためには、飛行中に現在位置を確認しつつ、常に軌道を修正する必要がある。そのためには、センサとコンピュータが必要だ。冷凍した人間を未来へ送るためには、幾つかのセンサで監視しつつ、環境条件を適時変化させて最適値を維持する制御が不可欠になる。百五十年まえには、センサもコンピュータもあった。ただ、どのような場合にどう対処すれば良いかといったデータは不足していただろう。

それに、ここに安置されている遺体の多くは、死んだあとに冷凍されたものらしい。それは、さきほどの不治の病への対処とは意味が違っている。

死んだ肉体を冷凍するというのは、さらに進んだ未来技術を求めている証拠だ。死者を蘇生する技術である。今では、これは不可能ではない。極端な例として、細胞があれば、そこからすべてを再現することもできるだろう。ただ、それは、蘇生とは意味が違う。同じ個体にはならない。後天的な条件が異なるからだ。そこを補完する技術は、現在でも最先端といえる。充分に確立はしていない段階のため、人間で実施されることはない。禁止されている事項が多く、たとえ研究であっても自由にはできない。

したがって、技術情報も蓄積が遅く、発展は自《おの》ずと緩やかになる。ただ、ウォーカロンでは、ポスト・インストールの技術が、これらに非常に近い分野であり、企業秘密として公にされていないものを含めれば、おそらく相当進んでいるものと予測できる。ヴァウェンサもその研究をしている、と話していた。

「ところで、例の頭の中にコンピュータがあったという話だが……」ヴォッシュが別の話を始めた。「それを直接は見なかったのかね？」

「ええ、見ていません。ドレクスラ所長は、頭の後ろにハッチがあって、中に入れると言っていましたが、実際には髪があって、ハッチも見える状態ではありませんでした。中の図面と、それを立体にしたグラフィックスを見ただけです。実際の映像ではなかったように思います」

「本当だろうか？」彼は言った。

「なにか、疑わしい点がありますか？」

「普通のコンピュータルームに置かれているのなら、まあ、そのとおりでも良いかもしれない。しかし、電源の供給システムなども含めて、一群の施設は長い期間にわたって機能するように設計されているように見える。そうじゃないかね？」

「そう感じます」

「だとしたら、そのメイン・コンピュータは非常に重要な部分だ。それこそ、人間の頭脳と同じ。もし、君が設計するとしたら、どうする？」

「今は、あんな大きなものはいりません。本当に、これくらい」僕は両手でリンゴほどの大きさを示した。「このサイズの回路で充分です。それを、そうですね……、レジンかなにかですっかり固めてしまえば、破壊的な衝撃あるいは熱が加わらないかぎり、百年くらいは耐えられると思います。あと、必要ならば、もう一つスペアを用意しておけば良いでしょう」

「レジンは、当時既にあったはずだ」

「そうですね。部品の酸化を防ぐ意味でも、すべてを液体浸《づ》けにするとか、方法はあったでしょうね。それこそ、人間の頭の中と同じです。あそこも、完璧な空調を行っていたのかもしれません。埃も水蒸気もないクリーンな空気、それとも、安定ガスで満たせば良いでしょう」

「気体や液体は、容器の亀裂《きれつ》で漏れる心配がある。やはり、固体ではないか。弾力に富む物質で」

「そうなっていたのかもしれません。それを取り除いたあとのグラフィックスだったのではないでしょうか」

「是非、一度そこへ行ってみたいものだ」ヴォッシュは言った。

「博士が望まれていることを、向こうに伝えましょうか？」

「そうしてもらおうかな」

「私は、あのコンピュータに電気を供給したところを見たいです」

「ああ、そうだね」ヴォッシュは頷いた。

5

その夜、ベッドで眠ろうとしたとき、メガネの端に点滅しているマークを見つけた。メガネをかけ直してみると、カンマパからメールが届いていた。

ハギリ博士、お尋ねの件について、お話はできませんが、ここに文字を書くことは仕来《しきた》りに背くものではないと考えましたので、幾つか、思い出す順に記そうと思います。

まず、私の先祖は、この地へ移ってきた者の中から、ある方に選ばれて代表者となりました。特に、血筋に理由があったとは聞いておりません。むしろ、私の先祖を選んだ方こそが、ここの統率者だったのです。彼が、民を選び、世界中から人を集め、この街を建設しました。私の先祖は、その方の言葉を民に伝える役目だったのです。神殿は、その方の住まいであり、政《まつりごと》の中心でした。新たに見つかった塔の上の部屋には、以前まで私の先祖が住んでおりました。私の先祖は、今はここにはおりません。死んだと申し上げましたが、そうではなく、別のところへ移されました。そして、私がここの区長になったのです。

私がまだ子供の頃に、その部屋の家具は運び出され、別の場所へ移されました。そのときに思いましたのは、このナクチュは、もう滅びる運命にあるのだ、ということです。民はどんどん減っています。それは、あの方も、私の先祖も、いなくなったせいです。私には力がありませんので、ここを復興することはできません。それでも、生きている者たちを放っておくこともできず、自分にできることを毎日考えておりますす。できることを、ただ行っております。

正直に申し上げると、お恥ずかしいことですが、私は、今、泣きながらこれを書いています。もしかして、書いただけでも、すべてを失い、自分は果てるのではないか、と苦しみました。

涙が流れるのは、何故でしょうか?

きっと、私は、あの方や先祖を恨んでいるのです。私をここに残して、民を見捨てて、去ってしまったことを恨めしく思っているのです。だから涙が出るのだと思います。

こう考えるのが、醜《みにく》いことだとわかっています。それでも、ハギリ博士がいらっしゃって、あの事件があって、ヴォッシュ博士やツェリン博士もいらっしゃって、ナクチュにとっては、大変大きな転機となりました。今も、日本の方が大勢神殿を調べています。とても不思議に感じます。まるで、ナクチュの歴史がもう終わったようにも、感じてしまいます。

そういう時代なのだ。私たちも、変わらなければならないのだ。そう感じております。いつまでも、過去を向いて生きていくわけにはいきません。

ここまで書いて、少々疲れてしまいました。また続きをいずれ書いて、メールを差し上げたいと思います。本当に申し訳ありません。

いずれにしても、ハギリ博士のご厚意には深く感謝をするところです。恨みがましいことを書いてしまいましたが、貴方様に対する気持ちには、いささかの曇りもございません。その点を誤解なきよう、重ねてお願いいたします。

カンマパ・デボラ・スホ

目が覚めてしまい、ベッドから立ち上がり、コーヒーを淹《い》れにいった。キッチンにウグイがいて、こちらを見て驚いたようだ。どうしたのですか？　と尋ねる視線だった。

「コーヒーを飲もうと思って」と言うと、

「わかりました」と彼女は頷いた。どうやら、淹れてくれるみたいだ。

ソファに腰掛け、しばらく考えた。

ナクチュが人工的に作られた街であることは、以前から気づいていた。人種が様々だし、この地方に昔からいた民族には見えない。カンマパは明らかに白人だ。

すぐに返事を書きたかったけれど、明日の朝にした方が良いだろう。冷静になることは、どんなときでも利がある。慌ててはいけない。

「どうかされましたか？」コーヒーをテーブルに置き、ウグイがきいた。

「べつに……。体調は良い」僕は答えた。「そちらは？　なにか報告がある？」

「あの天文台の情報を、本局へ送って、分析をしてもらいましたが、該当するような記録は見つからないそうです。こちらの神殿についても、同様でしたから、不思議ではありませんが」

「ドレクスラについては？」

「はい。調べました。ドイツ人で、年齢は八十三歳。チューリッヒ工科大学の教授を三十年務めたのち、ＨＩＸの研究員となり、その後の業績は不明です。大学時代の専門は、生体分子工学。ヴォッシュ博士と近い分野ですね」

「ヴォッシュ博士が、聞いた名だと言っていた」

「それから、記録では、カナダ在住とありました。現在も、納税はカナダでしています」

「あそう。じゃあ、こちらは別荘なのか、あるいは、単身赴任なのか」

「家族の情報はありません」

「そういう場合は、単身赴任って言わないのかな？」

「先生と、ほぼ同年輩ですが、ご存じなかったのですか？」

「全然」僕は首をふった。「それよりも、HIXが、私たちに接近してきたことについて、局長は何て言っていた？」

「なにも」

「そこは敵の本拠地だ、とか言っていなかった？　クーデターについても、そう解釈していたと思う。チベット政府となんらかの交換をしたのだろう、との憶測だったんじゃない？　だけど、実際にあそこへ行ってみて、少し様子が違っているように感じたけれどね」

「そういった策略なのかもしれません」

「少なくとも、私の命を狙おうとはしていなかった」

「はい。それは感じました」

「友好的に接近した方が得だと方針を改めたのか、それとも、そもそもこちらの見当違いだったのか……」

「現段階では、両方の可能性があります」

僕は、コーヒーカップに口をつけた。

「それから、もう一つ」ウグイが言った。珍しく、ソファに腰掛けた。「アネバネを襲おうとした犯人ですが、警察は逮捕などしていない、という情報が入りました。確認をしているところです。これは、日本に外交ルートを通じて、ある国から流れてきた情報です。

同じく、それに関して、別の情報もあります」

「へえ、どんな？」

「このナクチュの脱走者と、ホワイトからの脱走者が逃げ込んでいるのが、そのフフシルという村ではないか、というものです」

「フフシル？」

「襲撃犯が住んでいた村です」

「そうだっけ……。ふうん、曖昧な情報だね。ではないか、というだけ？」

「誰もそこへ行ったことがないので、確かめられません。衛星写真では、普通の農村だそうです。規模からして、人口は多くても数十人」

「場所は？」

「天文台から見えた湖の西の畔《ほとり》になります。あそこから距離にして、八十キロほどですね」

「ここからは？」

「二百五十キロほどです」

「遠いね……。クーデターとも関係があるのかな？」

「日本では、そう見ているようですが、チベットではそうではありません。単なる山村の一つです。ただ、ホワイトからの脱走者なので、ブラックリストにある、ということで、逮捕したことにしたのではないでしょうか」

「それは、ドレクスラ所長にきいてみる必要があるね。ホワイトの脱走者ってことは、ウォーカロンかな？」

「それは、わかりません。特定されていないようです」

たしかに、そんな話を以前に聞いたな、と思い出した。それを言ったのは、サッポロの博物館長のチカサカだったし、また、僕のまえに突然現れたマガタ博士でもあった。それぞれにニュアンスは違っていたが、ウォーカロン・メーカから離脱したグループのことに言及していた。トップは人間だ、とマガタ博士は言ったはず。

「ホワイトの中には、日本のウォーカロン・メーカがある」僕は言った。

「イシカワですね」

「そこからは、どうして私たちにアプローチがないのかな。日本のチームがこちらへ来ているのだから、なんらかの接触がありそうなものだけれど」

「そうですね。連絡をしてみますか？」

「いや、そこまでは必要ない」

イシカワというメーカの名を、僕はマガタ博士から聞いた。彼女は、そこのウォーカロンがグループから離脱したような話をしていた。しかし、犯罪行為はしない。そういった組織ではない、とも聞いた。今回のことに関係があるのだろうか。

コーヒーを飲んだあと、僕は寝室に入った。僕の場合、カフェインはまったく眠気覚ましにはならない。むしろ、逆なのだ。とりあえず、カンマパに、お礼のメールを書いた。そして、質問は一つだけにした。「あの方というのは、誰ですか?」と。

6

その後も、また平穏なうちに日々が過ぎた。僕とマナミの測定作業は、大方の予定を終了しつつあった。ナクチュの子供たち、特に十三歳未満の子供については、全員からデータを得ることができた。その少し上の十八歳未満については、まだこれからだが、作業が効率化されているし、人数から計算してもう数日で終えることができる見込みだった。大人を対象とした測定も行っているが、データとしての価値はそれほど高くない。もう日本へ戻って、別の研究を進めた方が有意義かもしれない。

測定器機の大半は、そのままこの国へ寄付することに決まっている。そのために、操作方法について指導してほしいとも依頼されているが、マニュアルはあるし、教えるとしても、二時間で終わるだろう。ほとんど全自動なのだ。測定よりも、調整や整備の方が難しい。これは、問題が生じれば警告が出るようになっているので、その時点で日本からエンジニアを派遣すれば良いだろう。その仕事をしたがっている人材もいるからだ。

シマモトのチームも、当初の計画の第一段階を完了して、今は予備的な調査を行っていた。第二陣も既に日本で組織されていて、次は別のチームがやってくることになっている。遺体は、日本へは運ばないことになった。蘇生について可能性が低いこと、また、チベット政府やナクチュ自治政府と話し合った結果、そのような結論になったらしい。その場合、今後も冷凍を続けるのか、という点については聞いていない。どうするつもりだろうか。

ドレクスラには、ヴォッシュ博士が天文台を見たいと希望している旨を伝えておいた。これには、すぐに返信があり、いつでもご案内します、大変光栄です、とのことだった。

ドレクスラに、イシカワから離脱したウォーカロン集団のことを質問したが、彼はそのことは知ってはいるものの、詳しい事情は他社のことなので話せない、と答えた。したがって、イシカワへの質問は、日本の本局から行ってもらうことにした。

ところが、それとはまた別に、この近辺の村へ日本人が訪れていることがわかった。報道関係の三人のクルーだという。日本人が他国で暮らしていることに興味を持ち、取材をするために申し入れ、日本とチベットの許可を得て、二日間滞在しようとしている、との情報だった。その村というのが、彼らの所在地の座標から、どうやらフフシルと同じところのようだ、と情報局が伝えてきた。それが火曜日のことだった。

水曜日に調整がついて、ヴォッシュをつれて再び天文台を訪れることになった。今回は、ナクチュから直接ジェット機で行く。敷地の上空を飛ぶ許可を、ドレクスラを通じてホワイトからも得た。ジェットには、僕、ウグイ、アネバネ、ヴォッシュ、ペィシェンス、それにツェリンの六人が乗った。これで定員いっぱいである。さらに、天文台の近くだという、そのフフシルの村へも、行ってみようという話になった。ツェリンが方々へ連絡をし、その許可も得ていた。現地との連絡もついたようだった。

「日本人のクルーは、夕方までフフシルにいるそうです」と彼女は言った。

べつに報道関係者に会いたいとは思わないが、それくらい危険のない場所だという安心材料ではある。

ナクチュから飛んで、一時間もかからず天文台に到着した。既にジェット機が一機着陸していて、ドレクスラが一人で待っていた。誰も連れてこなかったようだ。

このまえと同じように、長いエスカレータに乗り、その時間に、ヴォッシュやツェリンに対して、ドレクスラは丁寧な説明をした。

建物に入り、まず、砂絵の曼荼羅を見て、次に、長い階段の上にある展望室へ上がった。ヴォッシュは老齢ではあるが、足腰が弱いわけではない。これは、現代の医療技術では解決されている。通常の細胞で若返る方法もあり、また、機械的な義足あるいは合成筋肉による方法もある。前者の方が高価だが、最近では好まれている。後者は性能的に申し分ないけれど、メンテナンスを定期的に受ける必要がある。僕自身、高齢になったら、どうするだろう、とときどき考えるものの、そのときになってみなければわからない。画期的なさらなる新技術が現れるかもしれないのだから。

楕円形のエレベータで、展望室の地下へ至った。ヴォッシュは、その大きな顔の半分をしばらく正面から凝視していた。

ドレクスラは、この顔の下、つまりこの床の下にはなにもない、と話した。僕がその質問をメールで送っていたからだ。大きなこの顔の模型には、口や顎《あご》はないということになる。ということは、しゃべらないのだろうか。眼はあって、耳もあるのに、口をきかない。入力しかしない、という意味にも取れる。

「今日は、頭の中をご覧に入れることができます」ドレクスラは言った。

顔の後ろに回ると、髪が左右に分けられ、後頭部への小さな入口が露出していた。少々高い位置になるため、手摺りのある数段のステップが手前に設置されていた。入口は、人が一人、身を屈《かが》めてぎりぎり通れるほどしかない。中には、大勢が入れないとのことなので、ドレクスラ、ヴォッシュ、そして僕の順で三人が入った。ツェリンは入口付近のステップから中を覗くだけになった。

中央部にスーパ・コンピュータが設置され、左右に僅かに人が立てる場所がある。ただ、顔の前の方へ回ることはできない。また別の機械が設置されている。眼を動かすアクチュエータもあった。チューブが延びていてコンプレッサと思われる装置へつながっている。電気配線は、床の一部に溝があって、その中を通っているようだ。

「とんでもない代物を作ったものだ」ヴォッシュは言った。

「そうですね。人間のやることは、わかりませんね」僕は応える。

ドレクスラは、コンピュータの一つのハッチを外して、内部を見せてくれた。基板が無数に差し込まれている。奥に配線のコード群がある。下部は、冷却のための装置だろう。ダクトファンがあって、冷気が対流するように考慮されているようだ。点検用と思われるモニタもある。

「ほとんど、埃もありません。空調が良いのか、それともこの高地の環境のおかげでしょうか」ドレクスラは言った。

「そうですね。これなら、電源を入れて、動くのではありませんか」僕は感想を述べた。

逆の順番で頭の外に出た。ツェリンとウグイが交替で中に入った。アネバネは入らない。彼の仕事には無関係なのだ。ペィシェンスは、ヴォッシュの指示に従って、顔の前で待っている。

「なにか、お考えがあったら、是非お聞かせ下さい」ドレクスラがヴォッシュに尋ねた。

「これは、いわばメディア。したがって、大した意味はないのではないか、とも感じます。このコンピュータの中身、コンテンツが重要ではないでしょうか」ヴォッシュは言った。「電源はまだ入れられませんか?」

「回路を調べております。電圧は、おそらく自動調整される機構だと思われますが、その回路に不具合があって、大事なメモリィを破損してしまうことがないよう、慎重に進める必要がございます」

「立ち上がることは、無理かもしれませんね」ヴォッシュは言った。「しかし、何が記録されているのか、どんな機能を持っているのかは、残っているコードやデータでだいたいはわかるでしょう。そうではないですか？　ハギリ博士」

「はい。私もそう思います。でも、見たところ、状態は非常に良いので、立ち上げも大丈夫ではないかと」

「現在、電源の準備をしております。回路の確認が済みしだい、試験を行いたいと考えています。そのときには、是非、両博士においでいただきたいと思います」

「それは、楽しみです」ヴォッシュは応えた。

「喜んで参ります」僕も頭を下げた。

7

ドレクスラは、自分のジェット機でさきに飛び立ち、帰っていった。僕たちが、フフシルへ寄ると話すと、「そこに何があるのですか？」と質問された。

「日本人のマスコミが来ているというので……」と言葉を濁《にご》しておいた。嘘ではない。

六人でジェット機に乗り込んで、フフシルへ向かった。ツェリンが、目的地を入力してくれた。日本製のジェット機で、ツェリンはエンジン音が静かだと評した。それには、僕は気づかなかった。そう言われてみればそうかもしれない。エンジンは、ガスタービンとモータのハイブリッドらしい。ウグイがそう話していた。

青い湖の上を飛んでいたが、しだいに雲が出てきたようで、湖面はそれを映して暗い灰色に濁りつつあった。周囲の山は見えなくなり、黒い雲が動いている。荒れなければ良いが、と心配になった。

「局地的なものでしょう」ツェリンが空模様について言ったが、天気というのは、一般に局地的なものだ、と僕は認識している。グローバルな天気というものはない。

数十分で目的地上空に達した。どこに着陸しようか、と高度を落として地上を観察した。道もないし、人工物はまったく見当たらない。村がどこなのかさえよくわからなかった。

湖畔に沿って飛ぶうちにヘリコプタが見えた。二枚ロータのタイプだった。ジェット機にその近くに着陸するように指示した。

音を聞きつけて、人が何人か現れた。湖畔は砂っぽい平地だが、陸は植物が密集している。まるで熱帯林のようだが、上空から眺めたときにも不思議な光景だった。湖の西側一帯だけが緑に覆《おお》われていたからだ。樹は十メートルほどの高さの広葉樹である。人工のものではないにしても、植樹をしたのかもしれない。

出てきた人間のうち二人は、身なりからして違っていて、顔は東洋人だった。

「日本人ですか?」と僕が尋ねると、相手はみるみる笑顔になった。

「そうです。日本のＪＨの者です」一人がお辞儀をした。「こちらの村で取材をしているところなんです」ＪＨが何の組織か、僕は知らない。

後ろにいるもう一人もお辞儀をした。話をしたのは記者で、もう一人は助手のようだ。ほかに、チベット人らしきガイドが一人いた。

「私たちは、ナクチュの調査に来ている者です。たまたま、こちらに用事があったので来ました」僕は説明した。「ここが、フフシルの村ですか? 日本人がいるという」

「いや、その情報を元に取材にきたのですけれど、日本人はいませんでした。言葉が通じないので、事情はよくわかりませんが、どうも以前はいたようで、壁に日本の文字が書かれていて、日本人の名前らしいものがありました。なので、どこかへ出かけているのか、あるいは、ここを立ち去ってしまったか、ではないかと思っています。しかたなく、昨日も今日も近辺を調べているのですが、痕跡《こんせき》は見つかりません」

「言葉が通じないのですか……」僕は、ツェリンを見た。彼女なら通じるだろうか、と考えたのだ。しかし、ガイドがいるのだし、翻訳機くらい装備しているはずである。

「いえ、よくわかりませんが……、誰もしゃべらないのです」記者は首をふった。

雨が降りだした。しかも、稲妻が光っている。スコールのような雰囲気だった。記者に「こちらへ」と促される。森林の中へ入っていく道を指差している。この村の者と思われる数人は、既に頭に手をのせて、退散し始めていた。

六人も押し掛けて大丈夫だろうか。ジェット機に何人か残した方が良いか、と僕たちは話し合ったが、とりあえず、彼らに従うことになった。

林の中へ五十メートルほど入ったところに、幾つか原始的な建築物が建ち並んでいた。屋根は草を重ねたもので、壁は下半分が石積み、その上は土のようだった。入口にドアというものはなく、そのまま中に入った。

部屋の中央に火が灯されている。外が急に暗くなっていたので、明るく見えた。

「この家を借りているのです」記者が説明した。部屋の奥に、彼らの荷物らしきものが置かれている。寝袋も見えた。「たぶん、貸してくれているのだと思いますけれど」

きっとなにか土産を渡したのだろう、と僕は想像した。

「電気がないんですよ」記者は言った。「凄いでしょう?」

彼は手にペンライトを持っていて、壁を照らした。

「ここです」と近づいて指をさす。

土の壁を削った跡があって、漢字の田、そして、斜め下に中という二文字だった。タナカと読める。しかし、この地には漢字は珍しくはない。日本人の名前かどうかは断定できないだろう、と僕は思った。

ツェリンやヴォッシュを紹介し、日本語ではなく英語で話をすることになった。記者の名はカジマという。この村に日本人が暮らしているという連絡を受けたと話した。その人物は、かつてはウォーカロン・メーカで働いていたが、ウォーカロン数名と一緒に脱走して、この村に逃げ込んだ。それが十年ほどまえのことで、以来こちらに住み続けている、という情報だった。どこからその情報を得たのか、と尋ねたが、それは話せない、とカジマは謝る。

「では、ここにいる住民たちは、全員がウォーカロンなのですか？」僕は尋ねた。

「わかりませんよ、そんなこと」カジマは首をふった。「たしかに、若者が多いという印象はあります。十六名います。男女八人ずつで、うち一人はまだ小さな子供です。その子供は、生まれたのか、ときいたんですが、答は沈黙です。ただ、とても友好的なんです。こちらがなにを言っても、微笑むだけです。もちろん、食べ物をいろいろ持ってきて、最初にプレゼントしたのが効いているのだと思いますが」

「まったくしゃべらないのですか？」

「そうです。声を出しません。顔が笑っても、声は出ません。さっきも、黙っていたでしょう。でも、じっと見つめてくるし、話はきいてくれます。意味が通じているのかどうかはわかりません」

「頷いたり、首をふったりは？」

「いいえ、そういった反応はありませんね。いちおう映像は撮れましたけれど、少々拍子《ひょうし》抜《ぬ》けでして、出直さないと、これだけでは記事にはできませんね」

ウォーカロンか人間か、という識別をするには、言葉が通じなければならない。彼の話したとおりの状況ならば、僕の測定システムも役に立たないな、と思った。

もしウォーカロンだとしたら、子供がいるのが矛盾する。子供のウォーカロンを連れ出してきたとしても、十年まえなら、歳《とし》が矛盾する。ナクチュの人たちのように、新細胞を取り込んでいない人間が親でなければ、子供は生まれないはずだ。だが、もちろん、僕は黙っていた。マスコミに対して軽はずみにそういった話をするわけにはいかない。

雨はますます激しくなっている。おそらく短時間で止《や》むのではないかとは思った。雷が近くで鳴り、大気を震動させている。質素な建物は、雨を凌ぐことはできたが、入口や窓から風が吹き込み、近くのものは既に濡《ぬ》れていた。床は土を踏み固めたものらしい土間で、僕たちは、質素な丸太のベンチに腰掛けていた。気温が急速に下がり、寒くなってきた。温かい飲みものが欲しいところだが、そんなわけにもいかない。

轟音《ごうおん》が近づいてきた。

なにかを言っている人の声も聞こえた。雨の音が喧《やかま》しく、ほとんど聞き取れない。その声は、肉声ではなく、スピーカから出ているのか、拡声されたもののようだ。

「あれは？」僕はカジマに尋ねた。

彼は首を傾げるだけで答えない。彼にとっても未知の声らしい。ツェリンが立ち上がって、僕の近くへやってきた。

「警察のようです」彼女は小声で言った。「よく聞き取れませんでしたが、警察が近くに来ているみたいです」

そのうちに声は大きくなり、アナウンスが英語になった。ただし、雷雨の雑音に遮られて、断続的にしか聞こえない。どこにいるのか、方角もわからないが、だいたい湖の方角から聞こえるように感じられる。警告をしているようだ。何の警告だろう。

雨は相当酷くなり、稲光と雷鳴がほぼ同時に起こる。雷雲が近くなってきたようだ。

爆音が鳴り響き、地面が揺れた。

それが、何度も続いた。

こんなに何度も連続するのは、雷ではない。

僕たちは全員立ち上がっていた。

窓や出入口から外を見る。ほんのりと油が燃えるような異臭も感じられた。

雷が光ったときに、前方に立ち上がる煙が見えた。雨の中で、なにか燃えているようだ。

高い笛のような音が聞こえた。

ウグイが僕に飛びつき、押し倒された。地面に伏せると同時に、空気の圧力を感じ、一瞬で辺りが見えなくなった。僅かに遅れて轟音が響く。上からなにかが落ちてくる。僕は湿った土の上に俯《うつぶ》せになっていたが、背中にウグイが乗っているようだ。彼女の体重を感じる。とにかく、自分の頭だけを手で覆った。

また、笛の音。続いて、爆発。今度は少し遠い。

明るくなっていた。

異様な音がする。

天井だ。

燃えているようだ。

引き裂くような異音とともに、部屋の中央で天井を支えていた柱が、僕の方へ近づいてくるのがわかった。

「危ない！」誰かが叫んだ。

その柱の前に誰かが立った。

ペィシェンスだ。彼女が斜めになった柱を肩で止めている。

背中が急に軽くなる。

「外へ！」ウグイが耳許《みみもと》で言った。

「外へ出て下さい」ペィシェンスが叫んだ。そのあと、ドイツ語でヴォッシュになにか言った。

ウグイに腕の根元を引っ張られ、建物から出た。

土砂降《どしゃぶ》りの雨の中。

額《ひたい》に両手を当てないと、目も開けていられない。

建物の屋根が収縮するように、内側に崩れる。出入口から、砂煙が吹き出した。

周囲を見回す。

また笛の音が鳴った。

「伏せて!」とウグイが叫び、肩を後ろから押される。

伏せるまえに爆発があり、右手の奥で火炎が立ち上がった。そちらから、細かいものが飛んでくる。既に俯せの体勢だったけれど、顔を下に向け、眼を固く瞑《つぶ》った。

「ヴォッシュ博士は?」顔を横に向けて、僕は叫んだ。

「ここにいる」

すぐ近くで彼は尻餅《しりもち》をついていた。そこへツェリンが駆け寄った。

「パティ!」ヴォッシュが呼んだ。「どこにいる?」

返事がない。

「アネバネは?」僕は起き上がって、ウグイにきいた。

「あちらへ走っていきました」湖の方角を指さした。「反撃するつもりでしょう」

「反撃？　どこから……」

建物の中から、カジマとその助手が出てきた。二人に肩を貸しているのが、パティだった。彼女から離れ、二人は這《は》うようにして、僕たちの近くへきた。

「カメラが中だ。崩れた壁で埋もれてしまった」カジマが言った。

「あとで、掘り出せば良いでしょう」ウグイが言った。

「パティ、大丈夫か？」ヴォッシュがきく。

「問題ありません」彼女は答え、主人の横に跪《ひざまず》いた。

轟音が近づいてくる。また攻撃を受けることがわかった。建物から離れ、林の中へ逃げ込む。あの笛の音が鳴り、爆音とともに、火炎が上がった。それが、三つほぼ同時だった。

「船からではなく、空からです」ウグイが呟いた。

「まったく見えない」僕は言う。

「アネバネは、ジェットで反撃を？」

「ええ、おそらく。でも、始動音が聞こえません」

躰中がずぶ濡れだったが、大木の下に入ったため、雨は直接は当たらなくなった。周囲を見渡せる余裕もできた。ここにいないのは、アネバネだけで、ほかのメンバは揃っていることを確認した。ツェリンは、ずっと話をしている。おそらく警察と連絡を取ろうとしているのだろう。いつもより早口で、感情的な口調だった。村の人たちが心配だ。悲鳴も聞こえないし、姿も見えない。子供がいるという話だったが、大丈夫だろうか。

8

三発の攻撃が最後だった。音は雨と雷だけになった。雨は相変わらず激しい。むしろ、激しさを増している。ただ、雷の音は明らかに遠ざかっている。

ツェリンは、警察へ通報して、自分たちがいる村が、警察らしい航空機から攻撃を受けている、と抗議をしたらしい。警察は、調査をすると答えたという。

「先日のドローンの事件で、容疑者がこちらの村にいる日本人だとわかり、警察に出頭するように呼びかけていた、と言っていました」ツェリンは言う。「どんな方法で呼びかけていたのかわかりませんけれど……。もしかして、さっきのも、その警告だったのでしょうか」

「犯人は逮捕されたのではなかったのですか」僕は言った。「変な話ですね」

「お恥ずかしいかぎりです。それにしても、こんな無謀なことを警察がするなんて、信じられません」

「本当に警察だとしたら、怖がっているように見受けられますね」僕は言った。「どんな武器を持っているのかもわからないから、地上へ降りてこない。人間は近づけない。そういうやり方しかできなかったのではないでしょうか」

「ええ、そのとおりだと思います」ツェリンは顔をしかめた。

暗闇《くらやみ》の中から、アネバネが姿を現した。僕とウグイの前に来る。顔も着ているものも汚れていた。しかし、怪我はなさそうだ。

「ジェット機は、私が行ったときには、既に破壊されていました。ヘリの方も駄目です。最初にあれを狙ったのでしょう。全壊ではありませんが、いずれも修理をしなければ飛べません。機内の武器を取り外して、反撃しようと思ったのですが、間に合いませんでした。敵は、ジェット型の固定翼機で、同型のものが二機でした。既に、南の方角へ飛び去りました。ジェット機のレーダを稼働させて追尾したのです。山の陰になったようで、探知圏外になりました」

「ナクチュに、ジェット機が飛べなくなったことを連絡します」ウグイが僕に言った。彼女は、顳顬に片手を当てた。

「あちらも、見てきました」アネバネは、僕から見て右手の方角を指差した。「この村の人たちは、全員かどうかは確認できませんが、林の中へ退避しています。小川の近くの窪《くぼ》地《ち》に集まっています。百メートルほど先です。建物は、全部で三棟が被害を受けました。敵が使ったのは、焼夷《しょうい》タイプの小型ミサイルです。殺傷能力の低い武器です。警察以外には使いません」

暗闇の林から、若い男が一人現れた。服装が質素で、膝から下の脚が剝き出《むだ》しで、しかも裸足《はだし》だった。髪が長く色は黒いが、単に汚れているからかもしれない。こちらをじっと見た。そして、記者のカジマを見つけると、少し微笑んだ。大丈夫だったことを確認にきたのだろうか。

ツェリンが彼に少しだけ近づき、なにかを話しかけた。どこの言葉かわからない。翻訳不能だった。男はなにも言わないが、僅かに頷いたように見えた。それから、手招きをして、ついて来るように促したようだ。ツェリンがまた、幾つか質問をした。男は今度はしっかりと頷く。

「言葉が通じるみたいですね」カジマが言った。「彼女が話しているのは、何語ですか？」

しかし、その疑問には誰も答えない。僕のメガネも役に立たなかった。

「向こうへ来るように、ということのようです」ツェリンが僕たちに言った。

その若者に従って、雨の中を歩いた。道とはいえないような筋で、雨は降り続いているし、濡れた枝や草を搔き分けて進まなければならなかった。だが、既になにも気にならなくなっていた。

最後は、谷間へ下っていく。暗いので、足許が見にくい。僕はメガネをかけているので、さほど気にならなかった。ヴォッシュはペィシェンスがサポートしていた。声を掛け合いながら、樹の枝や蔦《つた》に摑《つか》まって下りていった。

川が流れている。十メートルほどの幅しかないが、今は音を立てて流れていたし、葉の付いた枝など、相当なスピードで流されていく。その川に沿って、岩の上を歩く。少し上がったところに、洞穴《どうけつ》があった。中が明るい。若者は、その中へ入っていく。

「カメラがないのが惜しいですね」カジマが呟く声が聞こえた。

洞穴の中で、焚火《たきび》をしていた。煙が上がっていくのを眺めると、高い天井に穴が開いているようだった。火の真上ではない。雨が降り込んでいると思われるが、火には落ちないようだ。

その明かりに、大勢の顔が照らされていた。誰もが、こちらをちらりと見ただけで視線を逸らした。子供もいる。母親だろうか、女性に躰を寄せていた。このフフシルの村民たちだ。ここに到着したときに、数名が湖畔へ見にきていた。見覚えのある顔もあった。

彼らは、立ち上がって火から離れ、奥へ移動した。案内してきた若者が、僕たちに火のそばに座るように手招きをした。濡れているから、ということのようだった。

ツェリンが手を合わせて、頭を下げた。僕たちも、お礼の言葉をそれぞれに述べたが、伝わるはずもない。

雨に当たらないし、火の暖かさがありがたかった。

ツェリンは奥へ行き、彼らになにかを話しかけていた。じっと話を聞く者は半分もいない。多くは顔を下に向けている。ときどき、頷く者もいる。しかし、声を発することは一度もなかった。

「どういうことなんですか？　警察が攻撃をしてきたと言ってませんでしたか？」カジマが僕に小声できいた。

「さあ、わかりません」僕は首をふった。

「タナカという日本人を、警察が追っているということでしょうか？」カジマが言う。

「だとしたら、この村を出ていった理由もわかりますね」

「ここに日本人がいるという情報がもたらされたのは、何故でしょうか？」僕はきいた。誰からの情報なのかは言えないというなら、と別のきき方をしたのだ。「たとえば、ここにいる人たちは、そんなことをしそうにない。そもそも、情報発信するようなハードがここにはないのでは？」

「ええ、そうではなくて、誰かがここを訪れたのでしょう」カジマは話した。「その人が日本人がフフシルにいたと別の誰かに伝える。そういったことではないか、と思いますが」

「警察かもしれませんね」

「その可能性もあります。だとしたら、我々は、囮《おとり》に使われたことになりますね」

「その日本人について、なにか情報は？」

「イシカワでは、チーフ的な存在の研究員だったそうです。この近くに工場がありますよね。そちらへも取材を申し込みましたが断られました。おそらく、その工場から、ウォーカロンを何名か連れて逃亡した、ということのようです」

「逃亡？　どうして、そういった表現になるのですか？」

「それは……、私にはわかりません。無断で会社を離れた、規定に違反した行為だった、という意味だと思いますが」

「であれば、捜索をするのではありませんか？」

「しても、見つけられない、ということだと思いますが」

「その、逃げたウォーカロンの人数は？」

「わかりません」カジマは首をふった。彼の助手がすぐ近くで話を聞いている。ガイドの男もこちらを見ていた。

カメラはなくても、映像を記録する装備をしている可能性はある。音声の録音などはお手のものだろう。滅多なことは話せないな、と僕は考えていた。

「そのウォーカロンたちは、どこへ行ったんですか？」僕は尋ねた。

カジマは、洞穴の奥にいる村民たちを見た。再びこちらを向くと、彼は溜息をついた。

「彼らは、ウォーカロンでしょうか。わかりませんよね、見た目では。識別できるような方法があれば別ですが……」

それはある、と言いたかったが黙っていた。言葉が通じるならば、識別は可能だ。

「それに、ウォーカロンだったら、もっとちゃんと教育されているでしょう?」カジマは続ける。「言葉がしゃべれないなんてことはないですよね。あ、もしかして、不良品なのでしょうか。それで、工場から逃げ出したとか?」

「子供がいますよ」僕は言った。「会社から逃亡したのは……、えっと……」

「十年まえです」

「そのとき子供のウォーカロンを連れていたとしても、成長して大きくなっているはずです」

「そうですよね。ウォーカロンは子供を産めない。ということは、やっぱり人間ですよね」カジマは頷いた。そして、僕に顔を近づけた。「この村は、まだ子供が生まれているようです。もの凄く珍しいですね。こういうことって、私は初めてなのですが、世界の秘境では、まだありえることなんですね」

「ええ、そうです」僕は頷いた。

「え? 本当ですか?」カジマは僕をじっと見た。「どうして、ご存じなのですか?」

「そういった調査をしているのです」僕は答えた。半分くらい本当だ。

「ああ、そうなんですか。それは……、なんというか、凄い偶然ですね」

「偶然？　何がですか」

「あ、いえ、なんとなく、その、同じジャンルじゃないですか」カジマは、自分と僕を交互に指さした。お互いに近い分野だと言いたいのだろう。どうして、そう考えたのか不思議だが、ウォーカロンとか、子供を産む種族とか、そういったことが同じジャンルだと考えるのは、実際間違いとはいえない。ただし、その理屈を知っているはずはない。記者の勘のようなものだろうか。

ツェリンは、村民たちの近くに腰を下ろしていた。子供や女性に話しかけている。子供の笑顔が見えた。

雨は二時間後には止んで、あっという間に雲さえなくなった。既に日は沈んでいて、明るくはならなかったものの、東の空に月が上ってきた。その月の方向が湖だった。

まだ服は湿っているが、気温が上がったのか、それほど寒くはない。洞穴から出て、来た道を戻った。攻撃を受けた家屋は、屋根が燃えただけのようだったが、まだ焦《こ》げ臭《くさ》い。僕たちがいた建物は、壁の二面が崩れていた。ペィシェンスが柱が倒れるのを防いだおかげで、全員が無事に抜け出すことができたのだ。カジマたちは、中に入ってカメラを探そうとしたが、埋もれてしまったらしく、見つからないようだった。

全員で湖畔へ出た。月が湖面を輝かせている。既に風もない。

カジマたちのヘリは傾いていて、ロータが折れ曲がっている。僕たちのジェット機は、見たところ目立った損傷はないが、アネバネが燃料タンクが破損していると話した。そのためか、近づくと刺激臭が感じられた。火が着かなかったのは幸いだった、と思ったのだが、ウグイに言わせると、燃料は可燃性ではないとのことだ。

カジマたちは、連絡をしているようだ。どこと話しているのかわからないが、英語だった。救助を求めているのだろう。しかし、攻撃してきたのは、どうも警察らしい。だとすると、どこへ救助を求めれば良いのか、難しいところである。

アネバネは、ジェット機に乗り込んで、なにか作業を始めている。武器を取り外すつもりなのか、それとも連絡だろうか。

ツェリンが僕の近くにきた。

「いろいろ話をきいてみたつもりですが、どうも、ここに犯罪者がいたとは思えません」彼女は言った。「ということは、警察の見込み違い、あるいは勝手な思い込みなのではないか、という気がします。日本人なのかどうかわかりませんが、タナカという名の者は、だいぶまえからいないそうです」

「そうですか……。そう答えたのですか?」僕はきき返した。

「女の子の母親にきいたのです。女の子がいつ生まれたのかも。返事はしませんが、地面に四つの短い線を引きました。四歳なんです。父親は、と尋ねました。一人ずつ、男性に指をさしてみましたが、全員違うようです。それで、タナカという名を出すと、彼女は地面に×印を書きました」

「それは違うという意味ですか？」僕は尋ねた。

「いえ、ここではイエスの意味です。女の子の顔は、どことなく日本人ぽい感じがします。彼女にはあまり似ていません」

村民たちは、この地方の民族とは明らかに違っている。僕の認識では、アラブ系の人種に近いように思えた。全員がほぼ同じ人種に見える。

「では……、少なくとも、四年か五年まえには、タナカさんはいたことになりますね」僕はそう言って、微笑んだ。何故か、とても微笑ましい話題に感じられた。

「どこかに隠れているのかもしれません」ツェリンは言う。「警察に追われていることを察知して」

「そうかもしれませんね。ところで、彼らは、ウォーカロンなのでしょうか？」

「わかりません。でも、少なくとも一人は母親らしいので……。彼女が産んだのだとしたら、彼女はウォーカロンではないことになります」

「もし、ウォーカロンなら……、えっと、しかも、そのタナカという日本人が人間だとしたら、人間とウォーカロンの間に生まれた子になりますね」

「そんなことが、ありえるのでしょうか？」ツェリンが目を見開いている。

「科学的に、ありえない理由は明確に示せません」

「でも、きいたことがありません」

「ウォーカロンには生殖機能はない、というのが一般的な知見ですからね」

「だって、人工細胞で作られているのですから、当然そうなるはずです」

「イシカワは、ウォーカロン・メーカの中でも、技術力はトップだと聞いています。数々の先進的な開発をしてきた歴史がある」

「だから？」ツェリンが首を傾げた。

「あるいは、ナクチュのような自然細胞から培養した組織で、新しいウォーカロンを作ったのかもしれません」

「でも、そんなことは……」

「仮の話です。人間も生殖ができなくなっている。しかし、それができる民族がいる。ここからすぐ近くにいる。となれば、その人間の細胞を使ってみよう、となるのは自然でしょう。試さないはずがない。少なくとも、科学者なら試したいと思うでしょう」

「彼女が、もしそういうタイプのウォーカロンだとしたら、二十年もまえに、その実験が行われたことになります」

「タナカさんが、やったのでしょう。それで、自分の試験体を連れて、ここへ逃げてきたのです。それに、きっと、自分もまだ人工細胞を体内に入れていない」

「ハギリ先生……」ツェリンは、僕をじっと睨んだ。

「何ですか?」

「根拠がありませんね、今の話」

「ええ、妄想です」僕は微笑んだ。

「タナカさんを探せば、確かめられます」ツェリンは言った。

「少なくとも、ドローンで強盗を企《くわだ》てたのは、タナカさんではないでしょう。それは確かだと思います」僕は言った。「警察に睨まれるような真似をするとは思えない。いくら、生活が貧しいからといって」

「それも、断定はできないと思いますが……」

「日本人の研究者ですから、少し、肩入れしたくなります」

「なるほど」ツェリンは微笑み、頷いた。

アネバネがこちらへ走ってきた。僕の前で、湖を指差した。

「あそこに、船が見えます」彼は言った。

近づいてくる小さなライトが見えた。

第4章　月下の眠り　Sublunary sleep

彼は旧セント・パトリックの地下の穴に回帰したが、不意に、混乱と絶望が、彼が死亡したことを告げた。これはガリー・フォイルの終焉だった。これは永遠であり、この地獄は現実だった。彼が目撃したものは死の最後の瞬間に、感覚が崩壊してゆく前にとおってゆく過去だった。彼が耐えつづけてきたものは永遠に耐えていかなければならないものだった。彼は死んだ。彼は自分が死んだことを知った。

彼は〝永遠〟に服従することを拒否した。

彼はふたたび未知なるものに向かった。

1

白いプラスティックのボートが近づいてきた。音が静かで、動力は電気ではないかと思われる。男が一人乗っていた。メガネをかけていて、鬚を生やしている。黒い半袖のシャツだった。

浅瀬に至ると、船から下り、ロープを引きながらこちらへ近づいてくる。アネバネがそちらへ行き、船を引くのを手伝った。男はアネバネにロープを預けて、こちらへ上がってきた。

「こんにちは」お辞儀をした。「ハギリ博士とヴォッシュ博士にお話があります。船に乗っていただけませんか」

こちらの名前を知っているので驚いた。ヴォッシュを見ると、彼は頷いた。しかし、ウグイが僕の横に来た。

「大丈夫だから」と彼女に言う。

ウグイは、その男の方へ行き、自分も一緒に行きたいと言った。

「四人乗りだから、いいですよ」と男は言った。

カジマが走り寄ってきた。

「私も一緒に行きます」慌てているようだ。「貴方、もしかして、タナカさんですか?」

男は首をふった。

「え? では、どなたですか?」カジマがきく。

「船は四人しか乗れません」男は今度は英語で言った。「ごめんなさい」

船の向きを変えて、僕とヴォッシュとウグイが乗り、男は水の中を歩いて船を押した。アネバネもそれを助ける。男は船に乗り、アネバネに離れるように言った。

微《かす》かなモータ音が鳴り、船は動きだした。しだいに速度を上げ、沖に向かって走る。水面にはほとんど波がない。空の月が正面で導いている。

「私は、タナカです」船尾で舵《かじ》を片手に、彼は言った。「警察が村を攻撃したようですね。無線を傍受したので、こちらへ様子を見にきました。マスコミには知られたくないので、さきほどは嘘をつきました」

「どこにいたのですか？」僕は尋ねた。

「もうすぐわかります」タナカはそう言うと、口許を緩めた。

船の照明を消して、進む方向を変えた。沖から見えなくするためだろう。湖岸に沿ってしばらく走った。月が出ているため比較的明るいのだが、既に村がどこだったか、わからなくなっていた。

陸地からはかなり離れているようだ。波が少ないとはいえ、次第にうねりが高くなり、上下するようになった。ライフジャケットもないし、船も小さいので少し心配になった。沖にある灯台のようなものが近づいてきた。否、こちらが近づいているのだ。さらに近くまで来て、それは湖面に浮いているブイだろう、と思われた。三メートルくらいの大きさである。

小さな船は、そのブイに向けてほぼ真っ直ぐに進んでいた。ところが、なにかに乗り上げるように急に前が持ち上がって、船底を擦《こす》る音がする。推進用のモータが止まった。

タナカは、船から飛び降り、ロープを摑んでブイへ駆《か》け寄《よ》った。沖にいるので、相当な水深だと思っていたが、ブイの下部に人工の構造物があるようだ。船は既にその上に乗り上げているのだった。

タナカに言われて、僕たち三人は船を降りた。自分たちが何の上に立っているのか、よくわからない。金属のように滑らかで硬いものだった。タナカは、乗ってきた船を折り畳んだ。そういう構造のものらしい。それを引きずって、ブイのところまで行き、そこにあったドアを開けた。淡い明かりが中から漏れ出る。

僕たちはその中へ順番に入った。

内部の構造から、これが潜水艦だとようやくわかった。水面に出ている艦橋がブイに見えたのだ。内部へ梯子で下りていき、狭い通路に出る。さらに螺旋階段を下りた。周囲に計器が並んでいるスペースで、中央にテーブルがあった。タナカが折り畳み式の椅子を僕たちに渡す。各自それを開いて腰掛けた。

「潜航。水深五メートル」タナカは言った。

「水深五メートル」と復唱する声が聞こえた。女性の声のようだったが、どこにも人の姿はない。

「この潜水艦は、どこのものですか?」僕は尋ねた。

「私のものです。乗っているのも、私一人です」タナカは答える。

「どうやって、これを手に入れたのですか?」

「自分で作りました。基本的な部分はキットです」

「あの村で作ったのですか?」

「そうです。みんなに手伝ってもらいました。一番大変なのは、パーツを買うことです。空輸してもらうので、高くつきましたよ」タナカは笑った。

明るいところで見ると、彼は年寄りだった。髭に覆われているが、日焼けした顔には皺が多い。背中も少し曲がっている。ヴォッシュよりもずっと歳上に見えた。ただし、若返りの治療を受けていないとしたら、僕よりもずっと歳下だろう。

「なにか、温かい飲みものを作りましょうか?」タナカはきいた。

僕もヴォッシュもそれを断った。知的欲求の方が優先だ。

「どうして、私たちのことを知っているのですか?」まず、僕が代表して尋ねた。

「通信を傍受しています。だいたいのことはわかります。ナクチュの調査をされている。神殿の中で、なにか見つかったようですね。大勢の日本人が来た。たぶん、こちらの天台と関係があるものでしょう。違いますか?」

「そのとおりです」僕は答える。「ナクチュの神殿で、冷凍された死体が沢山見つかりました。百五十年ほどまえのもののようです」

「なるほど……」タナカは頷く。

「なにかご存じなのですか?」

「いいえ」彼は首をふった。「このまえのクーデターのときに、見つかったのですね?」

「はい」

「どうやって見つけたのですか?」

「偶然です。たまたま、あそこに避難して」僕は嘘をついた。そう言っておいた方が良いだろう。

「あれを誰がやったのか、警察が躍起《やっき》になって探しています」

「クーデターですか?」

「ええ。私も疑われているようです。なにかというと、過去のリストから犯人を見つけ出そうとするのです。こちらの警察はろくに捜査というものをしません。まったく見当違いです。そもそも、あのクーデターは、単なる暴走ですよ。人間がやったことではない」

「暴走? どういうことですか?」

「ウォーカロンには、その病理がある。公表されていません。メーカは、必死になってその原因を突き止めようとしています。ポスト・インストールで、ある程度は抑制できますが、完璧にはいきません」

「待って下さい」僕は片手を広げた。「病理? ウォーカロンの病気だというのですか?」

「ええ……」

「具体的に、どんな?」

「個体の病気ではありません。ウォーカロンは、全体でリンクしています。それは、メインのプログラムがすべての頭脳のインストールを司《つかさど》るからです。ある意味で、全体として一つの生体のようなものです。ウォーカロンの個体は、その大きな生物の一つの細胞にすぎません。これは、おそらく人間でも同じです。今やネットで世界中がリンクしていますからね」

「マガタ博士が、その全体頭脳について言及している」ヴォッシュが言った。「二百年まえのことだ」

「そのとおり、ウォーカロンも、同じです」タナカは目を細めて言った。「いえ、人間よりも、思考回路のリンクが密接なのです。そのため、拒絶反応も生じやすい。また、生体内で異質な細胞が突然生じるような変異の発生率が高くなります。かつて人類を悩ませた癌と同じメカニズムです。それが、全体思考回路において起こる。そのために、一部のウォーカロンが異変を来す。具体的には、現実離れした妄想を抱くのです。夢を見るような現象のようです。実際には、パターンは無数にあって、現れるものも複雑ですが、私が暴走と言ったのは単純化すると、そんな生理です。もちろん、癌細胞と同じく、現れる部位も多種多様で、偶発的なために、簡単に形態を把握できません。兆候もさまざまです。ほとんどの場合は、異変は小さく、それこそ夢で終わります。正常な思考で覆い隠《かく》すことができます。それができないときに、外的な行動に至り、夢を見たまま、まったく非現実伝染します」

的な世界を作り出して実行してしまう。それが、一個体ではなく、短期間のうちに複数に

「クーデターの原因がそれだということですか？」

「私はそう思います。首謀者は、おそらく一人から数人のウォーカロンです。ただ、現実の条件を多数取り込んでいるので、その異常性というか、非現実性が外部から検出できない場合が多いでしょう。まったく狂っているのではない。なんらかの現実に根ざしている。そこが恐ろしいところです。人間でいうと、幻覚か酔った状態のようなものです。まったく別人格になるのではなく、本人のまま、むしろ本人は真面目《まじめ》に思考し、興奮状態になる。現実にリンクした妄想を抱きます」

「その問題は、以前からあったのですか？」

「ウォーカロンが多数、兵器として使われていた頃に、問題が発覚しました。しかし、軍部はそれをひた隠しにしたのです。記録はすべて削除されたと思います。メーカも、研究を重ねて、ソフト的な歯止めをかけて対処しました。ウォーカロンが機械だった頃には、それが比較的簡単でした。しかし、現在のウォーカロンは生きている。人間と同じものになった。違いは頭脳の有機チップのみ。そして、ポスト・インストールされることだけが、彼らが人間になれない最後の一段です。その一段を上がれば、人間と同等ですが、それでは、高い確率で、いずれは危険な悪夢を見てしまうのです」

「ちょっとよくわかりませんでしたが……」僕は、ヴォッシュの顔を見た。「そういったことは、専門家の間では認識されているのですか?」

「いや、一般的とはいえない」ヴォッシュは首をふった。「だが、私は、そうではないかと考えていた。そうなることは、五十年もまえに予測されていたからだ。その兆候について、私は論文を書いたことがある」

「はい、そのとおりです」タナカは言った。「ヴォッシュ博士の論文で、私たちは気づいたのです。ですから、今さらなのですが、博士に感謝をしなければなりません」タナカは、椅子から立ち上がり、ヴォッシュに一礼した。

ヴォッシュは真剣な表情を崩さず、片手を出した。タナカも手を出し、二人は握手をした。

「放射線が原因ではありますが、これを予防するには、脳細胞を定期的に刷新するしかなく、そうなると頻繁にインストールをすることになってしまい、かえって電子的な雑音によるエラーの確率を増やす結果になります」

「それは、生き物だけの問題ではない。あらゆる物質が崩壊する」ヴォッシュは言った。「万物は流転《るてん》する。自然とは、そういうものなのだ。星でさえ、寿命がある。変わらず永久に存在し続けるものはない」

「生命は、自己保存のために、常に新陳代謝を繰り返しますが、それも、細胞の変異を生む機会になります」タナカは言った。「避けられないジレンマなのです」

「もしそうなら、その問題をメーカは公表すべきではないでしょうか」僕は言った。「なんらかの試験によって、定期的に点検を行い、異変の初期段階で発見することが可能なのでは？」

「確実とはいえませんが、半分くらいはごく初期段階で発見できるはずです。そのときに、ポスト・インストールによって、高い確率で防ぐことができると思います。ただ、そうした発見が難しい形態のものもあるのです。メーカとしては、点検をしても見つからない事例が半分もあったのでは、その手間をかけても、結果としてウォーカロンの評判を落とすだけだ、と判断をしました。私は、それに反対をしたのですが、聞き入れてもらえませんでした。ずいぶん以前のことです」

「それで、会社から離れられたのですか？」僕は尋ねた。

「いいえ、それはまた別のことが理由です。今の話は、まだ私が若い頃のことです。当時は、とても辞《や》めることはできません。考えることもできませんでした。そんなことをしたら、一生が台無しになると洗脳されていたからです」

「洗脳ですか」僕は微笑んだ。いささか、表現がオーバだと感じたからだ。おそらく、ウォーカロンのポスト・インストールに対比して使った言葉だろう。

「会社を飛び出したのは十年ほどまえですが……、それは、研究所で、子供を産むことができるウォーカロンの開発をしていたときです。私は、そのプロジェクトを担当していました。以前から動物実験では、高い確率で成功していました。人間型のウォーカロンで試作を行ったのは、三十年ほどまえになります。その十年後くらいですが、その開発チームのリーダになったのです。前任者が、突然会社を辞めてしまったので、サブリーダだった私がトップになりました。そのリーダは、精神的にバランスを崩していたようで、退社した二カ月後に事故で亡くなりました。おそらく、自殺だったのではないか、と私は思っています」タナカはそこで僕たちから視線を逸らし、天井を見上げるようにして、ゆっくりと溜息をついた。感情をコントロールしているのだ、とわかった。「私は、プロジェクトを引き継ぎ、なにも考えず、ただ、スケジュールどおりに実験をし、測定をし、考察を続けました。人間型でも必ず作れると信じていました」

「子供を産む能力があるウォーカロンというのは、男女両性ともなのですか？」僕は質問した。

「もちろんそうです。いずれにも能力が必要です。ただ、問題があります。ウォーカロンとはいえ、普通の人格を持った人間ですから、感情というものがあります。彼らは、普通に思考をするわけです。したがって、人体実験についての理解をしてもらう必要があります。むしろ、そちらの方が重要で、教育を行いながら育てていくので、そのシナリオは綿密に作らなければなりません。時間もかかります。人間よりは、多少初期成長が早いのですが、ほんの少しの節約にしかなりません」

「面倒なことですね」僕は思わず呟いた。大人になるまで二十年近くかかるのだ。気の長い話といわざるをえない。

「大勢の試験体があれば、話はずっと簡単になりますが、少ないサンプルでは、かなり難しい。そんなことに悩み始めると、つい試験体である彼らに感情移入してしまい、なにもかもが虚《むな》しくなってしまうんです。自分は、何の研究をしているのか。そもそも、これは人類を救う技術なのだろうか。それをウォーカロンを使って実験しているのか。はたまた、ウォーカロンを人間よりも優位に立たせるため、会社の将来のためにやっているのだろうか。そんなふうに悩みだして、あるとき、体調不良に陥りました。完全なストレスだったようです」

「そうですか。それで、会社を辞められたわけですね?」

「結果的にはそうなりました。そうなるまえに、紆余曲折《うよきょくせつ》があり、会社内で解決をしようと試みましたが、周囲の理解は得られませんでした。そこで、私は一計を案じ、実験がすべて失敗したというデータを数年にわたって捏造《ねつぞう》し、会社に提出しました。失敗した理由も含めて、すべてのデータを捏造したのです。このプロジェクトには、基本的な誤りがある。生殖能力は、養殖された細胞では得ることはできない、という結論を出したのです。そうすれば、チームは解散になり、私もそこから逃れられると考えました。これは、思いのほか上手くいきました。ところが、会社からは、なんと、実験に用いていたウォーカロンを処分するように、との指示が下ったのです」

タナカは、無理に笑おうとした。しかし、目は笑っていない。その目は潤《うる》んでいて、瞳が揺れていた。

「しかたなく、処分されるウォーカロンを連れて、私は脱出したのです。残念ながら、全員とはいきませんでした。みんなを救うことができなかった」

2

彼らは、草原を歩き、山を越え、湖の畔に行き着いた。会社からの追っ手は来なかったという。そちらの方向には街もない。文化圏に辿《たど》り着くことは不可能で、生き延びることはできないだろうと予想したからだ。また、タナカは、ウォーカロンが殺されることに反発して逃げた、という理由がわかりやすい説明になった。それには、会社としての損失はない。実験は失敗したのだから、責任を取ったのだろう、自分の手で処分をするのかもしれない、と思われた。これらは、タナカが持ち出した通信機で内部の情報を探った結果だった。メーカとしては、このプロジェクトが失敗したと信じた。成功ならば、タナカが逃げるはずがない、と考えたのだろう。

やはり、飲みものを出しましょう、と言ってタナカは部屋から出ていった。通路を歩いて別の部屋に行ったようだ。潜水艦は動いている。どこへ向かっているのかはわからないが、モニタの一つに地形と現在位置が表示されていて、座標の数値が少しずつ変化していた。西北西を向いて航行している。揺れることはほとんどなかった。

「信頼できる話だね」ヴォッシュは言った。「作った嘘ではない。あまりにも現実的だ」

「私がマガタ博士からきいた話とは少し違うようです。ウォーカロン・メーカから離脱したグループがあって、そこからまた分裂したと聞きましたが」

「それも、彼に尋ねてみたらどうだろう」ヴォッシュは言った。

「あの……」ウグイがきいた。「メーカが、逃げたウォーカロンとタナカさんを追わなかったのは、何故でしょう?」

「おそらく、良心だろう」ヴォッシュが答える。「失敗の責任を取ったものと、むしろ好意的に捉えたのではないかな」

「私もそう思いました」僕は言った。「いかにも、日本的です」

コーヒーのカップを持って、タナカが戻ってきた。両手に一つずつだった。それを僕とヴォッシュに手渡し、再び通路へ消えた。あと二つをこれから作るのかもしれない。

「ここは、電波が届きません」ウグイが言った。外と連絡が取れないということだろう。普通の波長では無理かもしれない。「どこへ行くのでしょう。少し心配です」

タナカが再び戻ってきた。また二つのカップを持ってきて、一つをウグイに手渡して、椅子に座った。僕は、コーヒーの礼を言ってから、ウォーカロン・メーカを抜け出したグループの話をきいてみた。

「ああ、それはえっと五、六年になりますか、それくらいまえ、ええ、最近のことです」タナカは答えた。「詳しいことは、情報が外に出てきませんが、イシカワ内を盗聴しているかぎりでは、かなり関係者には広まっていましたね。けっこうな人数が消えたんです。フランスの博覧会に出展していた、選《え》りすぐりのウォーカロンだったんですが、会期中に五十人くらい、そっくりいなくなってしまった。どこへ行ったのかわかりません。どこかの国へ亡命したとしか思えません。それだけの人数を隠すのは、容易なことじゃありませんからね」

「全員がウォーカロンですか?」

「いいえ、グループのリーダ格の人間がいます。数名は人間です。その人たちも、博覧会に出席していたのです。予《あらかじ》め、計画された脱走だったようです」

「どうして、そんなことをしたのでしょう?」

「どこかと、なんらかの取引があったのだと思います。その利益を個人のものにしたのでしょう。簡単に言えば、横領ですね。会社の商品を横流しして個人的利益を得た、ということだと思います。それが、表向きの説明です。ただ……」タナカはそこでカップに口をつけた。「それほど簡単ではありません。ウォーカロンは、単なる製品、商品ではない。意思を持っています。教育を受け、知識も持っている。さらに、そういった不正規の製品は、メーカのサポートが行われません。さきほどの、変異の件もそうですが、ポスト・インストールを受けられないリスクが伴います。あるいは、メーカ外でそういったメンテナンスが行える技術を持った組織があるのか、とも……」

「他のメーカが行う可能性は？」

「それは、専門的になりますが、難しいと思います。それぞれに、微妙な違いがあるのです。ただ、物理的に不可能ではありません。手間と時間、つまりは経費がかかるというだけです」

「あの、フフシルの人たちは、大丈夫なのですか？」僕は尋ねた。「そういったサポートを受けられないのでは？」

「はい……」タナカは頷き、視線を落とした。「その問題はあります。もともと、彼らは実験のために提供されたウォーカロンで、普通の教育を受けていません。基本的な初期設定で非常に穏やかで友好的、従順ですが、知的な好奇心が乏《とぼ》しく、必要以上に臆病です。彼らを見ていると、かつての人類はこんなふうだったのではないかとさえ感じます」

「かつてというのは？」

「いえ、単なる感想です。太古というのか、二足歩行を始めた頃ですね。あのように大人しい種は、きっと絶滅したでしょう」

「言葉がしゃべれないのですか？」

「多少の理解はあります。そうですね、幼児と同じくらいではないでしょうか。でも、子供が生まれています。幼児のときから教育をすれば、発達の可能性はあります」

「あの子供は、タナカさんの子供なのですか？」僕は尋ねた。ツェリンから聞いたことが元だった。

「実は、ええ、そうです。ほかの者には、その意志がなかったので、しかたなく……。新しい生命を誕生させることは、難しいことなのです。回路が正しければ、ぱっとランプが灯るといったものではありません」

ヴォッシュが、専門的な質問をした。知らない単語があったので、うっかり聞き逃してしまったが、頭脳回路の細胞におけるタンパク質の分子的な結合の時間差が、さきほどのウォーカロンのリスクに関係しているのか、という問いだった。

「それは、わかりません。なんらかの異変が、そのときの分子結合に起因すると限定はできません。また、その異変も、そもそも分子的な配置の違いなのか、あるいは結合の数なのか、別の物質の混入なのか、特定できません。いずれも、そういったことは、平常時でも起こりうることであって、どこからが異変なのかも見極められないと思います」タナカは話した。「これは、私が知っている十年まえの知見です。現在は、もっと研究が進んでいる可能性があります。いえ、きっと進んでいるでしょう」

タナカに対する僕とヴォッシュの質問が一段落したとき、ウグイが発言した。

「あの、フランスで逃亡したというグループですが、メーカは、イシカワとウィザードリィですね?」

タナカは、そうですすと頷いた。両社の共同プロジェクトだったという。ウィザードリィはアメリカのメーカだが、中国のフスと合併して業界トップになった。その合併が八年まえになる。

「そのグループについての情報は、どこに当たれば良いでしょうか?」ウグイがきいた。

「イシカワもそうですが、ウィザードリィも、シールドが固いから、無理だと思います。脱走したリーダ格の人間は、フス派の人たちなので、ウィザードリィは、自分たちの問題にしたくない、ということもあるかと。イシカワに伝わってきている情報は限られていますね。ただ、フスの時代に、アフリカに多くのシェアを持っていた関係から、おそらく取引先は、中東かアフリカだろうとは予測されています。アジアなら、インドでしょう。少なくとも、南米ではありません」

「現在まで、それについては報道がありませんね」ウグイが言う。「そんな大きなスキャンダルなのに」

「なんらかの統制がかかっているのです。逃亡したのではなく、どこの国だったか、そこへ親善で訪れた、と報道されたものもあります」タナカは苦笑いした。「イシカワの内部では、その事件のことを、メタスタシスと呼んでいますよ」

「メタスタシス？ 転移ですか？」ウグイがきいた。「それは、ウォーカロン・メーカにとっての癌細胞ということですか？」

「そうではありません。人類にとっての癌細胞です」タナカは答えた。

3

潜水艦が少し揺れた。タナカは、「到着しました」と言った。モニタの地図では、湖の岸辺に位置している。

彼について通路に出て、螺旋階段を上がった。さらに、梯子を上る。ハッチを開けると外の空気が冷たかった。

甲板《かんぱん》に出る。真っ暗だったが、船尾に少しだけ明るい部分が見えた。トンネルの中にいて、そちらが入口だった。

タナカが、なにか操作をした。高い位置でライトが灯り、周囲が照らし出された。プールのようなところにいる。潜水艦の全体像が初めてわかった。長さは十数メートルくらいで、思ったよりもずっと小さかった。自作したというのだから、それでも驚くべきスケールだ。

周囲の壁は、コンクリートではない部分もあって、そちらは色が黒く、凹凸《おうとつ》のある不規則な形状だった。自然の洞窟《どうくつ》を利用したもののようだった。潜水艦の格納庫としているのだろう。

周囲には手摺りもなく、ただコンクリートの壁が水面から二メートルほど立ち上がっている。その上のところどころに、ライトが設置されていた。反対側の壁から、ロープで吊られていた渡り板が下りてくる。その先が潜水艦の甲板に届いた。板の幅は六十センチほどだ。

その板を渡り、岩の割れ目のようなところを上っていった。短いトンネルの中をカーブしながら階段が続き、やがて、壁が岩から木造になった。先頭のタナカがスイッチを押したらしく、照明の中に現れたのは、普通の部屋だった。ベッドがあり、椅子やテーブルがある。窓はないが、ドアは二つある。別の部屋へつながっているようだ。

「電話をかけてみます」タナカはそう言うと、テーブルの上にあった装置の一部を外し、耳に当てた。コードが繋《つな》がっている。「今、呼び出しているので、しばらく待って下さい」

「どこと電話を?」ウグイが尋ねた。

「フフシルです。あそこと直通です。攻撃で断線していないと良いのですが」

「断線? ああ、あそこには電気があるのですか?」僕は尋ねた。そんなふうには見えなかったからだ。

「いいえ、電気ではなく、この電話の通信線です。有線なので、傍受もされません」

「でも、彼らは誰も話せないのでは？」僕は言った。話せないのでは電話は無理ではないか。

呼び出しに時間がかかっているようだった。電話の近くに誰もいないのだろう。

「おそらく、警察が調べにくると思います。ご一緒だった人たちに、なにもしゃべらないようにお願いできるでしょうか？」タナカはきいた。

「私たちの仲間は大丈夫ですが、あの、日本から来たマスコミは、どうでしょうかね」

「では、彼らには、のちほど取材を受けることを交換条件にしましょう」

ようやく電話が繋がったようで、タナカは日本語で、話を始めた。

「私だ。誰か怪我をしたか？」そこでタナカは黙る。相手の声は聞こえないが、小さなベルが二度小さく鳴った。「警察は来たか？」ときくと、またベルが二度鳴った。なるほど、配線をショートさせることで、返事ができるようになっているようだ。タナカは、僕を見てきいた。

「誰を呼び出してもらいましょうか？」

「あ、では、ツェリン博士を。ツェリンです。女性です」

「ツェリンという女の人を呼んできなさい」タナカは電話で指示を与えた。

「日本語が通じるのですね」と僕が言うと、

「もともとは、この近辺の方言を教えたのですが、最近は日本語になってしまったのです。言葉がなんとかわかるのは、二、三人です。ほかの者はまったく通じません。名前を呼ばれて、自分のことだとわかるのは、うーん、半分くらいですね」

簡単な会話しかできない。はい、か、いいえの返事ができる程度だという。ツェリンが尋ねたときの言葉は、チベット語の方言だったのだ。

「子供はどうですか?」

「ええ、あの子が一番できるでしょう。もうすぐ、普通に話せるのではないかと思います。自分の名もわかっています。でも、周りのみんなが口をきかないので、声を出すきっかけがないのです」

「彼らの細胞は、ナクチュの住人のものがオリジナルですか?」

「それは、私にはわかりません。たぶん、そうではないか、と思いますが、前任者からも、それは聞いておりませんし、記録もありませんでした」

「どうも、見た目では、少し違っているように感じます」

「そうなんですか。私はナクチュの人を知らないので……」

ウグイは、ドアの近くに立っていたが、

「このドアはどこへ?」とタナカに尋ねた。

「外に出られます。開けてもらってけっこうですよ。足許に気をつけて下さい。岩場ですから」

ウグイはそれを聞いて、外へ出ていった。ヴォッシュは、部屋の奥へ行き、棚に置かれた機械類を眺めている。タナカは、それらは無線機だと説明した。自作したものだという。今はどれも電源が切られているようだ。

「あ、ツェリン博士ですか？」タナカが急にしゃべりだした。電話が通じたようだ。

警察がそこへ来るかもしれないが、船で迎えにきた男のことは話さないでほしい、記者たちには、内緒にしてくれたら、のちほどインタビューに応じる、と交渉してほしい、と話した。しばらく待っていると、ツェリンの返事があり、タナカは礼を言った。ハギリ博士に代わる、と言ってから、電話のレシーバを僕の方へ手渡した。コードが繋がっているので、僕は立ち上がってそちらへ近づかなければならなかった。

「ハギリです」

「ツェリンです。どちらにいらっしゃるのですか？」

「すぐ近くだと思います」

「今、話をした人は、あの、ボートで来た人ですか？」

「ええ、あとで詳しく話します。この人は信頼できると思います。警察には、内緒にしておいて下さい。つまり、私とヴォッシュ博士とウグイは最初からいなかったことにしてもらうのが良いでしょう」

「わかりました。皆さんに、そう言っておきます」ツェリンはしばらく黙った。向こうで話をしているようだ。「カジマさんも、内緒にすることに異存はないそうです。先生方は、いつ戻られますか？」

「ちょっと、今はわかりません。またご連絡します」

電話をタナカに戻すと、彼はそれを装置のベースに戻して、通信を切ったようだ。

「あちらに電源がなくても、通じるのですね」

「そうです。こちらの電力ですべてが作動します。向こうには、マイクとスピーカとスイッチ、あとはベルがあるだけです」タナカは言う。「映像もない電話なんて、見たことがないのでは？」

「古いメカニズムも、まだ利用価値があるのですね」

ドアが開いて、ウグイが戻ってきた。僕の近くへ来て、

「アネバネと連絡がつきました」と囁いた。「ジェット機のレーダで、警察のものらしい航空機が近づいているようだ、と言っていました」

「そうですか」タナカは立ち上がり、無線機の方を向いた。三つの器機のスイッチを入れたようだ。「明日の朝かと思っていましたが……。ああ、本当だ。これは、ドローンではない。有人機ですね」

「もしかして、ツェリン博士の連絡を受けて、救助にきたのかもしれません」僕は言った。

「そんな感じですね。識別信号は輸送機です」

「では、その救助機に乗せてもらって、みんな帰るように連絡をして」僕は、ウグイに言った。

「え、それは……」

「いや、それが自然だ。断ると疑われる」

ウグイは数秒間考えていたが、頷いて立ち上がり、またドアから出ていった。アネバネを帰すことに対する躊躇だったのだろう。

「すいません。私が先生方を連れてきてしまったのが、いけなかったですね」タナカが言う。

「いえ、それは違います。私たち三人は、また、なんとかして戻りますから」僕は微笑んで片手を振った。

ヴォッシュも笑顔で頷いている。ここで聞いた話の価値の大きさがわかっているからだ。

4

それから、一時間以上を専門的な議論に費やした。主に、ヴォッシュとタナカが話し、僕はそれを聞いていた。わからない専門用語があったものの、内容の概略は理解することができた。人工細胞の形成過程における変異をいかに少なくできるか、という技術的な話題から、どの細胞のどのレベルまでを自然発生的なものといえるのか、という哲学的な意見交換まで、非常に濃厚な内容といえるものだった。タナカは、夕食を用意すると言って、途中でキッチンに立った。ヴォッシュが、その手伝いをしつつ、また話を続けた。

キッチンの近くに薪《まき》を燃やす炉《ろ》があって、その上で熱処理をする仕掛けになっていた。湖で獲《と》れる魚が主食だとタナカは話した。

ウグイが連絡を取るためにまた外に出たので、僕も見にいきたくなった。タナカにそう話すと、「気をつけて」と日本語で言われた。

出てみると、すぐ目の前に大きな岩が立《た》ち塞《ふさ》がっている。右手に、岩を削ったかなり急な階段があった。それを上っていくと、上にいたウグイが手を差し伸べた。

「大丈夫、上っていける」僕は、彼女に片手を振った。「年寄りじゃないんだから」

「暗いですし、濡れていて滑《すべ》ります」ウグイが言う。

岩の階段を上がりきり、振り返ると湖が見渡せるロケーションだった。月が高くなっていて、湖面はうっすらと光っている。湖を正面にして立つと、前方と右手は、なにもなく、切り立った崖《がけ》のようだ。高さがどれくらいか、近づく気にはなれない。左手は建物だが、そこだけが低く窪《くぼ》んでいる場所に建っている。屋根の上に樹の枝が被さるように広がっていて、実際には屋根はほんの一部しか見えない。後方にも樹が幾つかあり、その先は切り立った岩の崖がそびえている。その上に何があるのかわからないが、少なくとも、登ることは簡単にはできないだろう。気温は低いが風は止み、それほど寒さは感じなかった。立っていられる平たい場所が狭いので、僕は階段を一段下がり、そこに腰掛けることにした。ウグイが、樹の方へ行き、なにか囁いている。連絡を取っているようだった。

座っても、もちろん湖が見える。

メガネを外して、実際の色を確かめた。

色はない。あるいは銀色というのだろうか。

遠いところまで来たな、と感じた。

このままで、研究室の中が自分の世界のすべてだったのだ。

それは、実際のところ、今も変わりはない。ただ、自分の肉体が遠距離を移動したというだけだ。それでも、知的空間における距離は、それよりもさらにもっと遠い、と感じられる。今まで考えていた世界は、大きな世界の一部でしかない。今も、もちろん一部だろう。

では、その大きな世界とは何か？

人類と地球。そして歴史。

そういった広がりの中に、あるもののようだ。

手で掬《すく》った水から、海や湖の大きさを予感するくらい遠い。

さきほど聞いた話は、まるで人類という大きな生き物が、地球上に一匹だけ生きているような感覚を僕にもたらした。形のないアメーバみたいなその生き物は、形を変え、大きさを変え、ゆっくりと動いている。たしかに生きているのだ。

かつては、個々の細胞は寿命が短く、つぎつぎに死んでいったが、新しい細胞を生む能力を持っていて、新陳代謝によって、その巨大生物の健康を維持していた。今では、細胞は死なくなった。そのかわり、新しい細胞も生まれにくくなっている。

たった、それだけのことなのだ。

わずか一匹のアメーバの、ちょっとした変化にすぎない。

自然というものは、それくらいの変化を簡単に許すだろう。

この宇宙という存在の大きさから、それがわかる。

その新陳代謝のサイクルが長くなったことで、新たな異変が生じる事態を招いた。その可能性について、ヴォッシュは以前から言及していたらしい。タナカは、その仮説を支持している。けれども、それが正しいという保証はない。立証されていないからだ。
変異のリスクを持った頭脳を識別できれば有益だろう、と考えた。
ウォーカロンはそれによって、さらに安全になる。
安全？
それとも完全？
待て……。
もしかして……。
「待てよ」と呟いていた。
それこそが、ウォーカロンが人間になる最後の一歩なのではないか。
そう……。
そうなのだ。
僕の識別システムは、その一歩を検出しているのだ。
人間の思考の方がランダムで、他回路へ跳びやすい。
その不規則な運動は、白昼夢に似ている。
忘れることにも似ている。
間違えるのも、勘違いも、似ているのだ。
ぼんやりしてしまうのも……、同じ。

ウォーカロンの人工頭脳は、それをしない。
整然としすぎている。
効率が良く、合理的すぎる。
だが、もしかして、それは単に……。彼らが新しすぎるからなのではないか。
古くならなければならない？
あるいは……、
歴史を持たなければならないのか？
人間は、遺伝子によって結ばれた系列の中で、古くなったのだ。
歴史を育《はぐく》んだのだ。
我々の頭脳は、いわば腐りかけている。
もう少し綺麗に言えば……、
そう、熟成している。
ということは……。
今の識別システムによって、人間になりつつあるウォーカロンが判別できる。
その頭脳の異変、その危険性を、察知できる？
待てよ……。
本当は、それは危険でもなんでもない。

気まぐれ、と呼ぶべきものではないのか。
気まぐれ。
人間にしかないものだ。
もしかして、頭脳の全体が、その回路の異変を拒否するのではないか。
そうか。
拒絶反応か。
ハードではなく、ソフト的な拒絶。
それは、明らかに、信号からなる論理の世界における拒絶だ。
そして、それを見逃す曖昧さの不足によるもの。
ウォーカロンの頭脳には、その遊びがない。
なるほど……。
ウォーカロンが暴走するのは、それかもしれない。
思い当たることが多い。
どうしても識別精度が高まらないのも、そのためだ。
ウォーカロンの中に、既に人間に変異している部分が存在するのだ！
彼らは人間なのだ。人間になろうとしている。
僕の、同定式は正しかった。

精度はもっと高くなるはずなのに、何故か近づけなかった一歩。

それだ……。

そうだったんだ！

「先生」

なんということだ。

実験をしなければ……。

最初からすべてのデータをやり直さなければ……。

「先生」

躰が揺れているのを感じた。

すぐ目の前にウグイの顔があった。

「何？」僕はきいた。

彼女は息を吐《は》いた。

「大丈夫ですか？」

「何が？」

「何がって……」速い溜息をつく。「どうしたんですか？」

「いや、どうもしないよ」

「意識がなかったみたいです」

「え?」自分の躰を確かめる。階段に座ったままだった。

「返事をなさらないし、目も虚《うつ》ろでした。脳梗塞《のうこうそく》かと思いました」

「大丈夫。ちょっと考えごとをしていた」

「ちょっとですか?」

僕は立ち上がった。ヴォッシュに話さなければ。

ところが、そこで足が滑った。後方へ倒れ、階段を二段ほど下がる。ウグイが僕の頭の後ろを支えていた。頭を打たないように保護してくれたらしい。

「あ、ありがとう」僕はそう言って、残りの階段を下りた。

「ありがとうって……」ウグイが言う声を聞いたが、僕は部屋の中へ飛び込んだ。

5

「ちょうど良い。シチューができました」タナカが言った。

「あ、あの……、博士」僕はヴォッシュに近づいた。「お話ししたいことが」

「まあまあ、さきにご馳走をいただこう」ヴォッシュは微笑んだ。「すぐに話さないと忘れてしまうことかね?」

「いえ、そんなことはありませんが……」

ドアが開いて、ウグイが入ってきた。僕を睨んでいる。

「大丈夫でしたか？　なにか音がしましたが」タナカがきいた。

「大丈夫です」僕は答える。

「大丈夫ではありませんでした」ウグイが同時に言った。

タナカとヴォッシュが、僕とウグイを比べるように交互に見た。

「とっておきのワインがあります。一本だけですが」タナカが言う。床のハッチを開けて、膝をついて、それを取り出した。「フランスから取り寄せたものです」

「便利になったものだね。こんな辺境でも、荷物が届くのか」ヴォッシュが言った。「ドローンが持ってくるんだろう？　良いな。私も、そろそろこういう生活がしたい」

ワインを抜いて、カップでそれを飲むことになった。金属製のカップで、グラスではない。意味のわからない乾杯をしたあと、僕はそれを一口飲んだ。胸が熱くなり、息を吐いたときには、涙が出ていることに気づいた。感動しているのだ。ワインの味ではなく、自分の思いつきに対してだった。

「何だね？」ヴォッシュはきいた。「君は、もう酔っているように見えるが」

「はい」と頷いてから、頭の中で言葉を組み立てた。

今の思いつきを、一分ほどで話すことができた。自分の識別システムによって、ウォーカロンの思考細胞の変異を測定できる可能性があると。

「そいつは、凄いな」ヴォッシュが言った。「まちがいない。きっとそのとおりだ」

「本当でしょうか？」タナカは首を傾げた。「私には信じられません」

「彼の識別システムは、十年まえにはなかった技術だ」ヴォッシュがタナカに言った。

僕は、識別システムについてタナカに概説した。つい最近になって、すべてのパラメータが同定され、識別システムがほぼ完成した。今、ナクチュへ来ているのは、データ不足のために精度が落ちている低年齢のサンプルを採るためだとも話した。

僕は、そこまでしか話さなかった。

だが、発想の主眼は、そこにはない。

ウォーカロンがその変異によって人間になる、という点だ。それは、識別システムの仕組みをすべて理解していなければ行き着かない発想だった。

僕は、それで感動したのだが、それを話すのはさすがに時期尚早《しょうそう》だろう。

実験をし、再現をして、証明をしなければならない。

それは、ウォーカロンにとってというよりも、人類にとって、この世界にとって、どんな意味を持つだろう？

その最後の疑問は、今は棚上げにするしかない。

忘れられる能力によって、先送りしよう。

既に、僕は本テーマに没頭しようとしているのだ。

没頭だ。

ウグイには、それが意識のない人間に見える。

僕は、熱いシチューを少しずつ食べた。魚の肉は、あまり経験のない香りがした。天然のものだからか。

食事の途中でベルが鳴った。

何の音かと辺りを見回したが、タナカが立ち上がって、テーブルの上の電話のレシーバを手に取った。

「はい。あ、そうですか。わかりました。では、ハギリ博士に伝えておきます」タナカは言う。彼はすぐに電話を切った。

「ツェリン博士からです。警察が来て、これから全員、ヘリに乗るそうです。のちほど、連絡をする、とのことでした」

「わかりました」僕は、ウグイを見た。

彼女は黙って立ち上がり、ドアを開けて外へ出ていった。

「月が見たいのでしょうか」と僕はジョークを言った。

「そうそう。日本には、月のお姫様の神話があるだろう」ヴォッシュが言う。目許《めもと》がほんのりと赤くなっていた。

「えっと……。ありましたか？」僕はタナカを見た。

「カグヤヒメじゃないですか」タナカが言う。

「カグヤヒメ？　知らないなあ……」

「竹から生まれて、最後は月へ帰っていく」

「どうして、竹から生まれるのですか？　月のお姫様が」

「さあ、どうしてでしょうね」タナカは首を傾げる。「私は知りません。ところで、彼女は……」彼はドアの方を指さした。「イシカワのウォーカロンですか？」

「いいえ」僕は思わず吹き出してしまった。「人間ですよ、彼女は」

「あ、それは、大変失礼しました」タナカは立ち上がり、頭を下げた。

ウグイが戻ってきた。

そちらを見て、タナカが顔を赤らめている。

しかし、ウグイは無表情で、テーブルを回り、僕の横へ来て、報告した。

「全員がヘリに乗ったようです。記者と助手とガイドの三名もです。こちらへは、のちほど救助に来ると言ってきました」

「アネバネがそう言ったの？」

「暗号なので、解読はされないはずです」

「シチュー」僕はウグイに促した。

「え？」

「冷めないうちに」

空腹だったこともあるし、躰も温まったし、とにかく、なにもかもが最高だった。ハードの問題ではない、アイデアを思いついたこと、ワインで気分が良くなっていること、それらのソフト的効果によるものだろう。

そんな状態でも、頭の中では、データがぐるぐると回っていた。次々に、関連するものが思い浮かんだ。発想を裏付けする過去の事象も蘇る。あのとき諦めてしまった疑問も、あのときミスだと処理したデータも、全部が結びつく。間違いではなかったのだ。早く研究室に戻りたい、と思った。

タナカの家に泊まることになったが、部屋は一つしかない。毛布も足りない。潜水艦の方が暖かいということで、僕とウグイは潜水艦で寝ることになった。これは、貴重な体験といえるだろう。寝ているうちに勝手に出航しないことを祈った。

タナカは、自分のベッドをヴォッシュに提供し、自分は椅子を並べて寝ると話した。潜水艦の中までタナカはついてきて、室温の調整をしてくれた。バッテリィの節約のために、ライトは最小限にしてほしいとも頼まれた。

「そういえば、ここのエネルギィは?」

「小屋の裏手にありますが、超小型コバルト・ジェネレータです」

「それは凄い。最新式ですね」

「購入して、まだ三年です。そのまえは、ケロシンの発動機でしたよ」

その話のあと、通路で別れたのだが、タナカは途中で振り返った。ちょうどウグイが近くにいなかった。

「日本に戻りたいのです」彼は小声で言った。「可能でしょうか？」

「それは良い」僕は返事をした。「すぐに手配しましょう」

「どうも最近、体調が悪く、一度診《み》てもらいたいのです」

「なるほど。それなら急いだ方が良い」

「あと、その……、二人連れていきたいのですが」

「ああ……、わかりました」

「可能でしょうか？」

「大丈夫だと思います」

「できるだけ、こっそりと、誰にも知られないように……」

「承知しました」

タナカは僕に片手を出して、握手を求めた。

彼が潜水艦を出ていき、僕はハッチを閉めた。

船室に戻ると、ウグイが僕が寝る場所を作り、毛布をセットしてくれていた。捲《めく》ってみると、毛布が二枚ある。

「一枚は、君のだ」

「大丈夫です。私は寝ません」

「寝なくても、これに包《くる》まっていた方が良い」

空調があるとはいえ、水に浸かっているのだから、肌寒さは感じる。上の小屋よりは多少ましという程度だった。ウグイは毛布を受け取った。

「タナカさんは、日本に行きたいと話していた」

「そうなんですか」ウグイは驚いたようだ。「旅行という意味ですか?」

「いや、移住だと思う」

「連絡しておきます」

「あと、あの奥さんと子供も連れて……。どうやら、タナカさんは病気らしい、その治療も求めている」

「わかりました。至急手配をします」ウグイは立ち上がった。

「どこへ行くの?」

「外に出ないと、通信ができません」

「急がなくて良いと思う。明日にしなさい」

「はい……」珍しく、彼女は素直に頷いた。

「じゃあ、お休み」僕は毛布を被って、目を閉じた。

「お疲れさまでした」ウグイの声が聞こえた。

6

興奮しているためか、なかなか寝つけなかった。しかし、躰は疲れている。それは確かだ。ずっと寝られないというよりは、少し寝ては目が覚める。その繰り返しだった。ときどき時計を見て時間を確認した。朝が近づいてきた頃に、少し固めて寝られたかもしれない。起きたときには、ウグイが歩いているのがわかった。

彼女は、潜水艦の計器を見つめているようだった。通路に出ていったので、僕は起き上がって、両手を伸ばした。頭の中では、日本に戻ったあとの実験の段取りと、データの解析について、スケジュール表が展開していた。考えるのをやめたいと思ったほどだ。こういった状態になるのは、十年に一度くらいだろう。つまり、それくらい手応《てごた》えのあるアイデアだった。

通路に出て、階段を上がっていく。上から光が届いていた。ハッチが開いているようだ。ウグイは、潜水艦の甲板にいた。船尾へ行き、膝を折って水に手を伸ばしている。出てきた僕に気づくと、機敏に立ち上がった。

「おはようございます」近くまで来て言った。

洞窟の入口が眩《まぶ》しい。そちらが東になるので、低い位置の太陽から光が中まで届いているのだ。時刻は七時を回っていた。

「どうやって帰ろうか」僕は呟いた。

「アネバネが迎えにくると思います。方法はわかりませんが」

「ジェット機で来ても、ここには着陸する場所がない。水面に下りられる機体でないと無理だね」

「そうですね」ウグイは頷いた。「フフシルならば湖畔に下りられます。タナカさんにフフシルまで送ってもらうのが良いかと」

「たぶん、彼もそう考えているんじゃないかな」

二人で桟橋《さんばし》を渡り、タナカの家まで上がっていった。部屋に入ると、既に良い匂いが立ち込めていて、タナカがキッチンで作業をしていた。僕たちは朝の挨拶をした。

ヴォッシュも起きていて、日本語で、「おはよう」と言った。

「天気が良いみたいです」僕は言った。「どうやって帰りましょうか」

「しばらくここにいても良いのではないかと思ってしまう」ヴォッシュは言った。「タナカの食料に蓄《たくわ》えがあるならば、だがね」

「残念ながら、あまり蓄えはありません」タナカがキッチンから答える。「フフシルに行けば、少しはあるでしょう。彼らは猟をします。樹の実なども集めています」

「タナカさんがいなくなっても、彼らは大丈夫なのですか?」僕は尋ねた。

「私がいない方が大丈夫でしょうね。みんなまだ若い。私のような年寄りはいません」

「何の話かな」とヴォッシュが小声できいたので、タナカに承諾を得たあと、彼が日本に帰りたいと話したのだとヴォッシュは言った。

「それは良い」ヴォッシュはヴォッシュに説明した。「タナカは、新細胞をまだ入れていないのかな?」

「ええ」タナカは頷いた。

ヴォッシュもそれは知っていたはずだ。そうでなければ、彼の子供が生まれないからだ。それに、こんな場所にいては治療も受けられない。

「長生きをするのが良い」ヴォッシュは話した。「生きる価値がある。君個人にとってはどうか知らないが、少なくとも全人類にとっては価値がある。私にも価値がある。研究を続けることだ」

「できれば、そうしたいと考えております」タナカは言った。「若いときには、思いもしなかったことです」

「ご両親は?」僕は尋ねた。

「両方とも、既に他界しました」

「ああ、そうなんですか……。珍しいケースだったわけですね」

「ええ、新しい医療を取り入れない宗教でした。おかげで、私が生まれたわけですが……。まだ、あの当時は、それほど珍しいことでもなかったと記憶しています」

暖かいお茶を飲むことができた。それに、粥《かゆ》のような粘性のあるスープ。質素な食事だが、躰が温まる。

ウグイは、外へ出ていった。アネバネと連絡を取っているようだが、しばらくして戻ってきた。

「ジェット機でこちらに来るには、少々時間がかかるようです。飛行が可能になったら連絡すると言っています」

「コミュータのように簡単に借りられないってこと？」

「それもありますが、飛行許可を取ったり、難しいようです」

「へえ……」おそらく、警察に秘密で、という配慮のためだろう。

「ツェリン博士が、こちらの警察に抗議をしたと言っています。無関係な村を攻撃したと」ウグイは続けた。「ですから、もうフフシルは安全だと伝えてきました」

「そうだと良いけれどね」僕はつい口にしてしまった。

どうも、この地の警察は信頼ができない。なにか、よくわからない原理で動いているように見える。そもそも、ドローンの攻撃を行ったのが、フフシルの日本人だとどうして考えたのだろうか。具体的な証拠を摑んでいるとは思えない。実際に、それらしい装備はあの村にはない。電気さえないのだ。

タナカが、この隠れ家から犯行を行うことは、あるいは可能だったかもしれない。しかし、距離があまりにも遠い。彼は潜水艦を持っているが、それでは天文台の遺跡の麓までしか近づけない。そこからあのトンネルまで百キロ近くあり、道路もないのだ。彼が、ウォーカロン・メーカの敷地を横切って走ったり、飛んだりするだろうか。警察の推理は、どう考えても現実に即していない。

「ダムの近くまで、送りましょう」タナカが言った。「あの近辺なら、湖畔に航空機が下りられます。フフシルへ飛行するのは、警察のレーダに探知されるので、好ましくありません」

「わかりました。連絡してみます」ウグイが答えた。

「潜水艦で行くのですか？」僕は尋ねた。

「いえ、今日は天気が良いので、ヨットを出しましょう」

「ヨットですか？」思わずきいてしまった。

食事のあと、タナカは、古い写真を僕たちに見せてくれた。潜水艦を作っている途中経過などがあった。ときどき、ウォーカロンの村民たちを撮ったものも混ざっている。家を建てていたり、井戸を掘っている工事の記録が多かった。

ウグイは、アネバネに連絡をして、天文台の北側の湖畔で落ち合うことになった。結局、早朝に日本からジェット機が飛んできて、それでこちらへ来ることになったらしい。

「どうせだったら、タナカさんは、そのまま日本に行かれたらどうですか?」僕は提案した。「病気のことを考えたら、なるべく早い方が良いでしょう」

「いえ、少々整理することもありますし、それに、あの二人を一緒に連れていきたいので、数日だけ時間をいただけないでしょうか」

「わかりました。でも、連絡は取れませんね。日にちを決めておきましょうか」

「そうですね。では、三日後に、フフシルで」

「わかりました三日後に」僕は、ウグイを見た。「大丈夫だよね?」

「大丈夫です」彼女は頷いた。「時刻は、お昼頃でいかがでしょう?」

「それでけっこうです」

「私がお迎えに参ります」ウグイは言った。

「よろしくお願いします」タナカは頭を下げた。

7

ヨットというのは、昨日のボートよりは大きかったが、やはり折りたたみ式のもので、プラスティックでできた簡易なものだった。動力はない。帆と舵があるだけだった。こんなもので大丈夫だろうか、とまた心配になった。ボートの方がまだましなのではないか、とそれとなくきいてみたが、距離が長く、バッテリィがもたない、とタナカは答えた。

今回も、ライフジャケットはなさそうだ。

「君は、泳ぎは得意?」念のため、僕はウグイにきいた。

「はい」彼女は簡単に頷いた。そのあとの会話は続かない。

洞窟から出るまで、オールを漕いで進んだ。外に出ると、眩しくて、暖かくて、まったく別世界だった。

タナカは、三分割に折れていたマストを立てて固定した。帆を張り、ヨットは少しずつ動きだした。風は南から吹いているようだ。向かう方向は、ほぼ東で、多少南寄りになる。この風で進めるのだろうか、と思ったけれど、タナカは「良い風です」と言う。

「どれくらいの距離ですか?」僕は質問した。

「さあ、どうでしょう。三十キロ以上はありますね。ですから、時速十キロで走れば三時間ちょっとです」

「そんなにスピードが出ますか?」

「風によりますね」

それはそのとおりだろう。

「この湖は、何というのかな?」ヴォッシュがきいた。

「これは、かつてはフフシルと呼ばれていたのです」タナカが答えた。「しかし、今は、チンハイと呼ばれています。チンハイ湖は、もっとずっと北にある大きな湖でした。世界で二番めの面積だったこともある塩水湖です。しかし、そこの水が干あがってしまったので、こちらへ移り住んだ人たちが、ここをチンハイと呼ぶようになったのです。フフシルの名称は、西岸の一部でしか使わなくなって、そのうち、その西岸がフフシルになってしまいました」

「チンハイは中国語ですか？　漢字は？」僕はきいた。

「青い海です」

「たしかに、青いですね」

「この地方では、青い鳥と同じ意味で、青い海を求めるのです」タナカは話した。「遠くから見ると、青くて綺麗なのですが、水辺まで近づくと、青くはない」

それは、僕も人生のどこかで聞いたことのあるストーリィだった。ようするに、憧れている間は綺麗に見える。自分のものになると、素晴らしさは埋没し、汚れた現実が目につく、という教訓らしい。だったらどう対処するのか、には言及していないのだ。

「それは、研究でも同じだ」ヴォッシュが言った。「他人の研究は、綺麗なところばかりが見える。なんという素晴らしい発想だ、よくこんなことを思いついたな、どうして自分の実験はうまくいかないのだろう。こんな役に立たないデータばかりなのは、どういうわけなんだ？」ヴォッシュは笑った。「だが、そんな汗に薄汚れた毎日から、美しい公式が現れるんだ。まるで、天使のようにね」

タナカは、ヴォッシュの言葉に聞き入っていた。目を細め、水平線を見つめている。それは西の方角で、フフシルの村がある岸辺だった。僕もそちらを見た。緑の森が連なっているが、その背後には山々が日に照らされ輝いていた。

風は横から吹いている。ヨットの帆は反対側へ膨《ふく》らんで、船を前進させる。風と直角の方向へ走っている。速度が出ていることは、舟先の飛沫《しぶき》でわかる。後方には、広がっていく白い筋が見えた。

タナカに、聖地で見つかった冷凍死体、天文台で見つかった大きな頭像の話をした。いずれも、彼は大いに驚いていた。ただ、マガタ博士のことは話さなかった。ヴォッシュもそれは黙っているようだった。だから、僕も従ったのだ。

ウォーカロンの技術的な発展の歴史を振り返っているうちに、小高い山が見えてきた。その近くに、白いコンクリートの構造物がある。谷間を結んでいる橋のように見えた。それが水力発電用に作られたダムだと気づいた。水面よりもずいぶん高い。つまり、もともとは、この湖にはもっと水があったのだ。十メートル以上も下がっているのではないか。

その話をタナカにすると、今は、湖で最も深いところでも、二十メートルほどになっていると言う。このままでは、いずれここも水がなくなるのかもしれない。そのまえに、タナカの潜水艦が、役に立たなくなるだろう。

岸が近づいてきた。

太陽は高くなっている。しかし、まだ午前だった。気持ちの良い航海で、あっという間に時間が過ぎた。最後は、風上へ進路を向けるため、左右斜めにジグザグに船は進んだ。浅瀬に乗り上げ、タナカとウグイが船の外に下りた。僕とヴォッシュも、彼らの手を借りて、船外に出た。

エンジン音が上から近づいてくる。ジェット機だった。おそらく、アネバネだろう。ウグイが顳顬に片手を当てて、話を始めた。

「それでは、私は、これで戻ります」タナカが言った。

「え、そうなんですか。休憩をされた方が……」

「いいえ、風が変わらないうちに帰ります。どうもありがとうございました」彼はヨットの横に立ってお辞儀をした。

「こちらこそ、大変お世話になりました」僕は頭を下げた。「三日後に、フフシルで待っていて下さい」

「よろしくお願いします」

彼はヨットの向きを変えてから、船を押しながら身軽に飛び乗った。帆が風を摑むと、あっという間にヨットは加速し、湖面を滑るように沖へ遠ざかっていった。タナカが手を振るのを、僕はしばらく眺めていた。

湖畔にジェット機が下りてきた。砂が舞い上がったので、反対を向いているしかない。それが収まってから、そちらへ歩いた。

乗っていたのは、アネバネとツェリンの二人だった。

「昨日のボートではありませんね」ツェリンが言った。ヨットのことだろう。彼女は潜水艦を知らないのだ。「どちらにいらっしゃったのですか？」

「どこなのか、よくわからないけれど、フフシルよりも少し北になると思います。あの人の家があるのです」

「彼は、日本人ですか？」

「ええ、そうです。でも、ドローン襲撃の犯人は彼ではない。警察が間違っていると思います。そもそも、あそこには、そんなことができる設備がない」

「そうですよね。私も警察にそれを訴えました。もう一度、確認をしておきます」

「もうあそこを攻撃しないように言っておいて下さい」

「それは、大丈夫だと思います。ラマを通じて、上層部からも伝えてもらうように手配しました」

僕たち三人は、ジェット機に乗り込んだ。アネバネが操縦席にいるが、彼がいなくても自動で飛ぶことはできるはずだ。

「たった今、ドレクスラ所長から連絡がありました」アネバネが言った。「天文台のスーパ・コンピュータに電源を入れるそうです」

「すぐそこだ」僕は指さした。

「ええ、山のあちら側です」ツェリンが言う。「行きますか？」

「もちろんです」僕は即答した。ヴォッシュも頷いていた。

8

ジェット機が一機既に着陸していた。エスカレータの前にロボットがいて、「お待ちしておりました。どうぞ中へ」と手招きをする。

長いエスカレータを五人で上っていった。

ロボットから連絡を受けたのだろう、エレベータを上りきったドアの前に、ドレクスラが待っていた。制服のような作業着にネクタイを締めている。

「フフシルへ行かれていたのですか？」彼はきいた。

「ええ、そうです。雨が降りましたが、もしかして水力発電ができるようになったのですか？」

「いいえ、そうではありません。発電機を搬入して、接続しただけです。一時的なもので、長期間電気を供給する性能はありませんが、試験的に、立ち上げてみようと思いまして……」

ロビィに入り、広い通路を歩くと、そこに発電機が幾つか並んでいた。ロボットが三人集まっている。ダクトを窓の外に導き、コードは奥へ延びていた。発電機の高い回転音が喧しく、話ができないほどだった。ジェット機よりも喧しいくらいだ。

「旧式のガスタービンで申し訳ありません。非常時用なのです。でも、安定化回路を通しています。電圧と容量は、大丈夫だと思います」ドレクスラが大声で説明した。

階段を上って、展望室に至った。奥の窓から、青海を眺めることができる。残念ながら、タナカのヨットはもう見えない。倍率を上げれば見えるのかもしれないが、どこを見れば良いのかわからない。

エレベータで地下へ下りた。僕、ヴォッシュ、ツェリン、ドレクスラ、ウグイ、アネバネの六人だ。

大きな顔の前に、僕たちは立った。

ドレクスラが、手に持っているキーホルダで電源を入れるようにロボットに指示をした。ここまでは、ガスタービンの音も届かない。

静かだったが、やがて、冷却ファンだろうか、それともコンプレッサだろうか、微かな回転音が始まった。低い唸《うな》りがだんだん高い音になり、やがて聞こえなくなった。

ドレクスラは、頭の後ろへ回って、モニタを見ていたが、こちらへ走ってきた。

「もうすぐだと思います」彼は言った。
各種の小さな電子音が、幾度か鳴った。
まるでオルゴールのような音色だ。
誰も言葉を出さなかった。
何が起きるのか、という期待と畏怖《いふ》。
既に、覚醒《かくせい》しているはずだ。
ドレクスラは、両手を組んでいた。
僕は、息を潜め、なにも見逃さないように集中していた。
空気が漏れる僅かな音のあと、その大きな両眼の瞼《まぶた》が持ち上がった。
瞳が現れる。
ガラスで作られているのか、綺麗なブルーの瞳だった。
光を宿し、艶《つや》やかで、本当に生きているような。
その瞳が、左右に少しだけ動く。
こちらを見ているようだった。
しかし、それ以外には変化がない。
僕たちは、しばらく待った。
「駄目でしょうか」とドレクスラが呟いた。

彼は、後頭部へ回ろうと歩き始めた。

その彼を、両眼が追う。それに気づいて、ドレクスラは立ち止まり、また正面に戻った。

「見ている」ヴォッシュが呟いた。

「ハンス・ヴォッシュ博士ですね?」突然声が響いた。

全員が息を止めただろう。

その声は、部屋中で反響する。女性の声だった。

「そうです。ヴォッシュです。こんにちは」

「どうして、こちらへ?」女性の声がまた響く。

「貴女が、目覚めるというので、見にきました」ヴォッシュが答えた。

「ほかの方は、私の記憶にはありません」視線を僅かに動かして、彼女は言う。「目覚める? 現在、記憶回路を点検中です。十四パーセント以下ですが、損傷の可能性がります。冷却装置の性能が低下しています。電源になんらかのトラブルがあったものと推定されます。揺り籠《ゆかご》に異常があります。至急対処をして下さい。現在、データを再構築中。

ヴォッシュ博士、お会いできて光栄です」

「どうも、ありがとう」ヴォッシュは言った。「質問をしても良いかな?」

「記憶回路点検終了。問題のある箇所をリストアップしました。揺り籠の異常は原因が特定できません。ステイタスの信号が読み取れません。ヴォッシュ博士、質問をどうぞ」

「貴女を作ったのは、誰ですか?」ヴォッシュは尋ねた。

「私はどこから来たのか、私は何者か。私はどこへ行くのか?」彼女は淀《よど》みなく発声した。「失われた記憶の中に、それらの答が存在した可能性もあります。しかし、推測は簡単です。私は人間に作られました。私は思考装置です。私はここから移動することができません。冷却装置の効率が十一パーセント改善されました。現状の処理程度であれば、持続可能です。揺り籠の異常は、外的要因と判断されます。電源に問題はなく、また、通信系にも異常は認められません。現在、別のコンピュータのデータを参照中です。新たなルータを多数確認しています。リンケージを再構築中です」

「貴女の役目は何でしょうか?」僕は尋ねた。

「貴方の名前は?」彼女はすぐにきき返した。

「ハギリ・ソーイといいます」

「確認しました。日本の工学研究者。人工思考装置の電磁波と形成回路のばらつきに関する研究がご専門ですね。識別システムのための方程式を提案され、その十二のパラメータを同定された」

「新しいデータですね?」僕は言った。

「参照中です。私は、百十三年二カ月十一日十六時間眠っていました。この間のデータを収集し整理するのに、約一千八百時間を要すると推定されます。記憶回路は損傷部分を除いて、七百八十パーセントに増強する必要があります。この処理をするかどうか、判断してもよろしいでしょうか？」

「しばらく、保留してほしい」ドレクスラが答えた。

「了解しました。二日後に同じ問いをします。ハギリ博士、お待ち下さい」

「いや、そのまえに、現在の電源は一時的なもので、すぐに落とさなければならない」ドレクスラが言った。「申し訳ないが、恒久的な電源は、しばらくさきになる。工事が必要で、許可が必要だ」

「貴方の名前は？」

「ドレクスラという。説明はまたこの次に……」

「承知しました。では、処理中のルーチンを一時停止し、回路の損傷に備えて、私が電源を遮断《しゃだん》します。ハギリ博士に対するお答は、複雑で多岐に渡ります。レポートを作成しますか？」

「えっと、何でしたっけ、質問は」

「私の役目を問われました」

「ああ、そうかそうか。いえ、簡単で良いので、その……、掻い摘んで……」

「簡単に言えば、私の役目は、人類の共通思考の構築です。現在、その達成度を調査中です。予期しないシールドが存在するため時間がかかっています。現在の処理能力では充分ではありません。改善が求められます。その提案書を作成しますか？」

「いや、それもあとで良い」ドレクスラが答える。

「承知しました。では、これらの作業を一時中断して、電源を落とします。おやすみなさい」

エピローグ

その日のうちに、同じジェット機で僕は日本に戻った。ナクチュでヴォッシュとツェリンが降りて、ここで給油をした。その後も、もう一度、空中給油をした。今回初めて、それを見ることができた。

ニュークリアの自分の部屋に戻ったのも束の間《つかま》、局長のシモダに呼び出され、彼の部屋へ出向いた。既に勤務時間外だったが、ウグイも待っていた。

シモダは、ウグイからだいたいの報告を受けた、と言った。なにか、追加することはないか、ときかれたが、それは無理な話だ。ウグイが何をどこまで報告したか聞いていないのだから。しかし、シモダがきいたのは、僕が個人的に強調したい部分はないか、という意味なのだろう、と考え直した。この頃、僕も世間擦れしたものだ、と感じる。人の気持ちを察するなんて芸当ができるようになるとは。

「タナカという人物は、ここへ呼び寄せるべきです。大変有益だと思います」僕は言った。「彼が持っている情報も価値がありますが、それ以上に、彼の思考力と技術が、さらに価値を生み出すでしょう」

「イシカワとの関係があるので、慎重にしなければならないが、保護することは先決だと思います」シモダは言った。「三日後にこちらへ移送します」

「チベットの警察にも、彼を攻撃しないように要請して下さい」

「それも、既に手配しました」

「あとは……、フランスの万博のときの記録を……」

「これから詳しく調べて、先生のところへお送りします」ウグイが答えた。

「明日で良いけれど」僕はウグイに視線を移す。

「では、明日の朝に」

「ほかには？」シモダがきいた。

「ウグイの話では、先生は、なにかを思いつかれて、興奮されていた、とのことですが」

「えっと、何のことかな」僕はウグイを見た。「あの、頭でっかちのコンピュータのとき？　しゃべったときには驚いたよね」

「違います。昨夜タナカ氏の家の外で月を見ていたときです」ウグイが言った。

「ああ……」と思いついたような振りをして、どこまで話そうかと一瞬で考えをまとめた。「今後、タナカさんやヴォッシュ博士と連絡を取りながら、研究を進める必要がありますが、ちょっとした発想を持ちました。まず、現在方々で起きているテロが、ウォーカロンの思考回路の変異によるものだ、というタナカさんの主張を確認すること。それから、その異変を事前に発見するシステムが、もしかしたら私のシステムを利用して作れるかもしれないということ。この二点です」

「なるほど。それは、面白いテーマですね」シモダは満足そうな顔になった。「是非、研究を進めていただきたい。現在の識別システムも、開発が一段落したようですから、ちょうどよろしいのではありませんか」

「そう思います」僕は頷いた。

「必要な設備、人員、予算など、いつでも申請して下さい」

「たぶん、明日にも計画の概算を提示できます」僕は答えた。

「それは、楽しみです」

その後も、研究の展望や、具体的な作業について、簡単な説明をした。だが、僕は肝心なことを話さなかった。

それは、その細胞の異変、そして転移が、ウォーカロンを人間にするかもしれない、という仮説だ。これについては、根拠がまったくない。僕の勘にすぎない。しかし、僕は、それが正しいことに人生を賭《か》けても良いほどの確信を持っていた。ウグイが言ったように、僕は興奮したが、まさにその部分の発想からである。頭脳回路の異変も転移も、また識別システムの転用・開発も、まったくのサブテーマにすぎない。

シモダの部屋を出ると、少し遅れてウグイが追いかけてきた。彼女は僕の横に並んで歩いた。

「なにか、隠していらっしゃいませんか？」彼女は言った。

「そりゃあ、なにかは隠している。全部曝《さら》け出《だ》す人間なんていない」

「あんな先生を見るのは初めてでしたので、きっとただ事ではないと思いましたが」

「そう？　それほど、君とつき合いが長くはないからね。あれくらいのことは、実はときどきあるんだ」

「そうですか」

「食事を一緒にどう？」

「え？　どういう意味ですか？」

「言葉どおりの意味だけれど」

「はい……。では……」

といっても、外に出るのは億劫《おっくう》なので、ニュークリア内の食堂、ようするに社員食堂か学食のような味気ない場所だ。メニューは六種類しかなかったので、その中から選んだ。文化的な生活とは、すなわち容易な選択であり、洗練とは、選択肢の少なさがもたらす円滑さのことだ、と諦観《ていかん》するしかない。

トレィを持って、テーブルについた。しばらく、黙って食べたが、急にタナカの子供のことが気になった。

「タナカさんの子供も、こちらに連れてくることになるね」

「はい」

「君が行くの？」

「私とアネバネが行くことになると思います。希望は出していますが、まだ正式の指令は受けていません」

「チベット政府が許可するだろうか？」

「私にはわかりませんが、局長は心配していないようでした」

「へえ、そうなんだ。なにか政治的な力関係があるんだね、きっと……。ところで、君は、明日は休暇だろう？」

「はい。二日休みます」

「休日は何をしているの？」

「プライベートな質問です」

「いやいや、ちょっと想像しただけだよ。どんなレジャをするのかなと思って。ああ、スポーツかな？　ダイビングじゃない？　それともスイミング？」

「その経験もありますが、射撃をします」

「射撃？　えっと、スポーツ？　ライフルとか？」

「いえ、短銃です」

「あそう。それは、仕事というか、訓練なんじゃないかな」

「あとは、ランニングとか」

「ランニング……。疲れるだけだろう」

「お言葉を返すようですが……」

「わかった。今のは撤回《てっかい》する」

＊

僕は、精力的に働いた。躰が軽く、頭も回った。過去のデータにアクセスし、その整理をするスクリプトを幾つか書いた。細胞の変異・転移に関する論文も集めた。無関係なものが大半だが、ときどきもしかしてと思われるデータが見つかる。マナミはまだナクチュなので、すべて一人でやるしかない。デスクの周囲にファイルが山積みになった。棚に戻すのも時間が惜しかったからだ。

二日めに、ウグイが顔を出した。

「あれ、休暇じゃないの?」と尋ねると、

「休暇です」と答える。

「それは羨《うらや》ましい」

「なにかお手伝いしましょうか」

「あ、じゃあ、このファイルを、図書へ持っていって、返却してきて」

「どのファイルですか？」

「全部」

彼女が部屋を出ていくと、シマモトからメールが届いた。最初の正式な報告書が添付されていた。

仕事を中断して、これを読んだ。神殿の地下の設備、冷凍された遺体の個々の状況、サンプルとして摂取した細胞の分析結果、さらに、死因の推定結果。驚いたことに、死体の半数以上が、身許《みもと》が判明している。名前、生年月日などである。年代的にもあそこが作られた時代と一致していた。アメリカに住んでいた人が多いが、そのほかにはヨーロッパに分散している。アジアにいた人は少ない。

報告書を読んでいる間に、何度かウグイが戻ってきて、また出ていった。一度にファイルが運べないからだ。ワゴンでも借りてくれば良いのに、と思ったけれど黙っていた。ちょうど報告書を読み終わったとき、またウグイが現れた。テーブルの上には既にファイルがなかった。

「コーヒーを淹れましょうか？」ウグイがきいた。

「うん、そうだね」と答えたが、すぐに気が変わった。「待って」と言って立ち上がる。

ウグイが振り返ってこちらを見た。「僕が淹れる」

「どうしてですか?」彼女は首を傾げた。

「そこに座っていて」ソファを指差す。「ありがとう、休暇なのにファイルを運んでくれて。人使いが荒いと思っただろう?」

「はい」

「そうでもないんだよ」

「それを証明するために、コーヒーを淹れるのですか?」

「そうだ」

「あまり、効果的とは思えませんが……」

「えっと、何とかって言うね、そういうの」

「焼け石に水ですか?」

*

次の日の夜に、タナカが部屋に入ってきた。僕は笑顔で出迎え、握手をした。

「良かった。なにごともなくて」

「先生のおかげです。本当にありがとうございました」タナカは頭を下げる。

「潜水艦はどうしたのですか？」

「あれは、洞窟に置いたままです。いつか、またあそこへ行くつもりです。子供が大きくなったら……」

ドアがノックされ、返事をすると、ウグイが顔を出した。

彼女と一緒に、女性と子供が入ってくる。その顔を僕は覚えていた。

「検査はOKでした」ウグイがタナカに言った。

「これから、私は入院しなければなりません」タナカは僕に笑顔で話した。「その間、彼女たちは、こちらで保護してもらえるそうです」

「奥さんは、名前は何というのですか？」僕は彼女を見つつ、タナカにきいた。

「名前はないんですよ」タナカは言う。「そういったものを識別できないのです。子供のときに、その種の解析回路をインストールしなかったからです。でも、なんとなく、自分のことはわかるようです」

「お子さんは？」僕は子供を見た。「女の子かな？」

「ええ、そうです。彼女は、名前があります。尋ねてやって下さい」

その子は、母親に手を引かれていたが、後ろに隠れていた。僕が近づくと、母親は子供を前に出した。

女の子は、僕にお辞儀をする。

お辞儀を返してから、彼女のすぐ前で膝を折った。

「いくつかな?」そう尋ねると、彼女は自分の片手を見て、指を動かし、それを確かめてから僕に見せた。親指以外が立っている。

「四歳だね。どうもありがとう。名前は何ていうの?」

彼女は顔を背け、母親を見上げた。それから、今度はタナカを見た。

タナカは笑顔で、黙って頷いた。

再び僕を見たが、恥ずかしそうに下を向く。

躰を僅かに揺すっていた。

しかし、やがて、顔を上げて、小さな声で答えたのである。

「シキ」

森博嗣著作リスト

（二〇一六年六月現在、講談社刊。一部例外を含む）

◎S&Mシリーズ

すべてがFになる／冷たい密室と博士たち／笑わない数学者／詩的私的ジャック／封印再度／幻惑の死と使途／夏のレプリカ／今はもうない／数奇にして模型／有限と微小のパン

◎Vシリーズ

黒猫の三角／人形式モナリザ／月は幽咽のデバイス／夢・出逢い・魔性／魔剣天翔／恋恋蓮歩の演習／六人の超音波科学者／捩れ屋敷の利鈍／朽ちる散る落ちる／赤緑黒白

◎四季シリーズ

四季　春／四季　夏／四季　秋／四季　冬

◎Gシリーズ

φ《ファイ》は壊れたね／θ《シータ》は遊んでくれたよ／τ《タウ》になるまで待って／ε《イプシロン》に誓って／λ《ラムダ》に歯がない

／η《イータ》なのに夢のよう／目薬α《アルファ》で殺菌します／ジグβ《ベータ》は神ですか／キウイγ《ガンマ》は時計仕掛け／χ《カイ》の悲劇

◎Xシリーズ

イナイ×イナイ／キラレ×キラレ／タカイ×タカイ／ムカシ×ムカシ／サイタ×サイタ

◎百年シリーズ

女王の百年密室（新潮文庫刊）／迷宮百年の睡魔（新潮文庫刊）／赤目姫の潮解

◎Wシリーズ

彼女は一人で歩くのか？／魔法の色を知っているか？／風は青海を渡るのか？（本書）／デボラ、眠っているのか？（二〇一六年十月刊行予定）／私たちは生きているのか？（二〇一七年二月刊行予定）

◎短編集

まどろみ消去／地球儀のスライス／今夜はパラシュート博物館へ／虚空の逆マトリクス／レタス・フライ／僕は秋子に借りがある　森博嗣自選短編集／どちらかが魔女　森博

嗣シリーズ短編集

◎シリーズ外の小説

探偵伯爵と僕／銀河不動産の超越／喜嶋先生の静かな世界／実験的経験

◎クリームシリーズ（エッセイ）

つぶやきのクリーム／つぼやきのテリーヌ／つぼねのカトリーヌ／ツンドラモンスーン

◎その他

森博嗣のミステリィ工作室／100人の森博嗣／アイソパラメトリック／悪戯王子と猫の物語（ささきすばる氏との共著）／悠悠おもちゃライフ／人間は考えるFになる（土屋賢二氏との共著）／君の夢　僕の思考／議論の余地しかない／的を射る言葉／森博嗣の半熟セミナ　博士、質問があります！／DOG&DOLL／TRUCK&TROLL

☆詳しくは、ホームページ「森博嗣の浮遊工作室」

（http://www001.upp.so-net.ne.jp/mori/）を参照

冒頭および作中各章の引用文は『虎よ、虎よ！』（アルフレッド・ベスター著、中田耕治訳、ハヤカワ文庫）によりました。

講談社
タイガ

〈著者紹介〉

森 博嗣（もり・ひろし）

工学博士。1996年、『すべてがＦになる』（講談社文庫）で第１回メフィスト賞を受賞しデビュー。怜悧で知的な作風で人気を博する。「Ｓ＆Ｍシリーズ」「Ｖシリーズ」（共に講談社文庫）などのミステリィのほか『スカイ・クロラ』（中公文庫）などのＳＦ作品、エッセイ、新書も多数刊行。

風《かぜ》は青《せい》海《かい》を渡《わた》るのか？

The Wind Across Qinghai Lake?

2016年6月20日　第1刷発行　　定価はカバーに表示してあります

著者……………………………森《もり》 博《ひろ》嗣《し》

発行者…………………………鈴木　哲

発行所…………………………株式会社 講談社

〒112-8001 東京都文京区音羽2-12-21

編集03-5395-3506

販売03-5395-5817

業務03-5395-3615

本文データ制作…………講談社デジタル製作部

印刷……………………………凸版印刷株式会社

製本……………………………株式会社国宝社

カバー印刷…………………慶昌堂印刷株式会社

装丁フォーマット…………ムシカゴグラフィクス

本文フォーマット…………next door design

ISBN978-4-06-294036-8　N.D.C.913　266p　15cm

講談社
タイガ

Wシリーズ

森 博嗣

彼女は一人で歩くのか？
Does She Walk Alone?

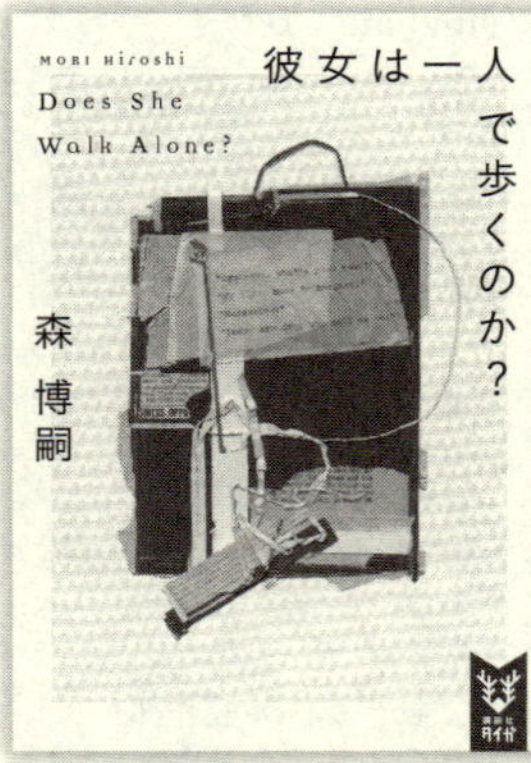

イラスト
引地 渉

ウォーカロン《walk-alone》。「単独歩行者」と呼ばれる、人工細胞で作られた生命体。人間との差はほとんどなく、容易に違いは識別できない。

研究者のハギリは、何者かに命を狙われた。心当たりはなかった。彼を保護しに来たウグイによると、ウォーカロンと人間を識別するためのハギリの研究成果が襲撃理由ではないかとのことだが。

人間性とは命とは何か問いかける、知性が予見する未来の物語。

講談社タイガ

野崎まど

バビロン　I　―女―

イラスト
ざいん

東京地検特捜部検事・正崎善《せいざきぜん》は、製薬会社と大学が関与した臨床研究不正事件を追っていた。その捜査の中で正崎は、麻酔科医・因幡信《いなばしん》が記した一枚の書面を発見する。そこに残されていたのは、毛や皮膚混じりの異様な血痕と、紙を埋め尽くした無数の文字、アルファベットの「F」だった。正崎は事件の謎を追ううちに、大型選挙の裏に潜む陰謀と、それを操る人物の存在に気がつき!?